天字醫號

謀權策略只為伊人

袁攝
本是最有希望繼任世子的人選，
因袁授回歸而落空，
表面温潤如玉，實則偏執成狂，
為成大事不惜逼死親母，
到最後引以為傲的聰明睿智成了他最大的負擔和催命符。

流影
暗戀袁授的影子侍衛，
因貌似顧晚晴而被袁授另眼相待，
自跟在袁授身邊第一天開始就明白自己的作用——
關鍵時刻替顧晚晴去死的替身！
可仍是會忍不住偷偷幻想袁授總有一天會愛上自己。
—零 参—

目錄

第一百四十章

【爲難】

回京的路途十分漫長，雖然回來比去時輕車簡從，速度上快很多，但沒有袁授的陪伴，顧晚晴覺得十分難熬。從前她並不明白什麼是相思之苦，此次上路後，總算明白了些。

轉眼間半個月已過，她們的車隊總算是無驚無險平安的進了京城。她們回來的消息早已傳達京城，鎮北王府與安南侯府都派了人前來迎接。與劉思玉分開時，顧晚晴見到了一個雙目紅腫的婦人，眉眼與林婉有兩分相似，她見到劉思玉便哭倒在地，直到身邊一個小姑娘將她拉起來勸慰。那個小姑娘也就十二、三歲年紀，眉目清秀，看著倒比林婉順眼，性子也溫婉些。

鎮北王府的車隊轉眼便走遠了，顧晚晴縮回身子不再探頭觀望，冬杏早準備好了熱茶湯遞過來，「夫人受驚了。」說的是林婉那事。

顧晚晴接過茶，笑笑不語。

一邊的青桐低聲問道：「葉嬤嬤身子可還好嗎？」

青桐是知道顧晚晴和葉顧氏那點秘密的，這次離京，顧晚晴沒帶青桐和冬杏前往，只帶了葉顧氏，回來時卻只有她一個人，青桐少不得一問。

「還好，在那邊偶然遇到親戚，得晚些時候才會回來。」顧晚晴雖然相信青桐，但有些事還是越少人知道越好。

青桐也沒再繼續問，只是替她掖了掖身上的斗篷。「沒事就好，看夫人臉色不好，奴婢還有些擔心。」

顧晚晴摸摸自己的臉，突然臉上一紅，她臉色不好不是因為別的，是因為犯了相思病，這兩天總要握著那塊玉才能安穩入睡，好像少了袁授溫暖的懷抱，連晚上都顯得格外冷了。

「妳們這段時間可還好？」顧晚晴臨走前特別吩咐宋嬤嬤關照她們，宋嬤嬤是王妃的人，自是沒人敢欺負。

青桐笑著點頭。

冬杏道：「宋嬤嬤待我們十分體貼，這段時間就讓我們跟在王妃面前聽差，學了不少東西。」

冬杏口快，青桐連忙又道：「宋嬤嬤說我們入王府時間太短，少不得讓人挑規矩，這才讓我們過去學學，說是聽差，也只是學著，並未真的讓我們做什麼事。」

青桐的態度有些謹慎。顧晚晴看在眼裡並不多說，又問道：「王妃和劉側妃最近如何？」

青桐答道：「王妃近來覺得身體不適，過完年後便回了王府，劉側妃則在宮中陪伴王爺。知道夫人回來，王爺傳了話，讓您直接入宮。」

看著青桐略顯遲疑的神情，顧晚晴笑道：「可是王妃要見我？」

青桐略鬆了口氣，「正是。」

「那就先回王府吧。」

鎮北王想見她，無非就是要問林婉的事，顧晚晴知道鎮北王從來都不喜歡自己，他們之間也多是針鋒相對，既然如此，何必再弄個公媳和睦的假象出來？再者，鎮北王對袁授本就不信任，他們又不睦慣了，走了一趟回來反而變聽話了，豈不更糟？

顧晚晴吩咐車夫回王府，那車夫也沒多問，便轉了方向朝王府前行。

過了大半個時辰，馬車穩穩的停在鎮北王府前那兩個麒麟石雕旁，顧晚晴搭著青桐的手下了車，卻意外的看見大夫人金氏在門口迎她。

這段日子不見，金氏胖了許多，全身包裹的嚴嚴實實，見了她分外高興，幾步迎過來，欣喜的道：「早聽說妳今天要回來，我又見母妃那邊從早上起就不停的收拾，想著妳是不是直接回府裡，就在這碰碰運氣，想不到我這運氣還真好。」

金氏素來爽直，顧晚晴之前也只與她走得近些，現在見到她心情自然好，臉上笑容都跟著多了，與她相攜進了府中，又不斷打量她，問道：「之前給妳的方子服用的怎麼樣？看妳的臉色倒是好了不少。」

金氏笑咪咪的，圓潤的面龐顯得越發喜慶了。「妳當我為什麼來迎妳？就是來謝謝妳，近來我覺得好多了，月信來時也沒那麼疼了，只是受不得一點涼。」

「那是自然的。」顧晚晴隨口與她聊些醫理，走在通往中堂的路上，愕然發現許多面生的人，不由得問道：「她們是誰？好像都沒見過。」

金氏一撇嘴道：「有的是側母妃家的親戚，也有許多是幾位姨娘家的親戚，入不得宮，都堆到這來了，每天吵嚷得很。」

看金氏那不耐煩的樣子，當真是這些日子被吵煩了。顧晚晴覺得好笑，就算鎮北王馬上要發達了住到皇宮去，也不能把這當菜市場鬧騰啊，說起來這裡未來還是「潛龍府邸」，插個牌子就能收門票展覽的。

「聽說母妃身子不好回來養病，這麼吵，可怎麼養？」

金氏立時大吐苦水：「可不是嘛，那些人還沒臉沒皮的天天過去請安，誰不知道她們安的是什麼心思？仗著家裡有幾個女兒，就都把眼睛長到頭頂上了……」

聽到這裡，顧晚晴再遲鈍也察覺出點什麼，腳下一頓，「難道都是想攀外親的？」

金氏哼了一聲：「已經往大爺那塞了一個，妳也小心點，有好幾個姑娘都賴在王妃院子裡不走，誰還瞧不出是怎麼回事？每個都想趁現在大事未定，先定了名分，將來潛龍出海，她們也都跟著沾光不是？」

看來有林婉那樣心思的人還真不少，不過袁授現在不在，顧晚晴也沒那麼無聊主動把她們攬上身，不過金氏的話倒提醒了她，雖然她相信袁授，但還有王妃呢，難保王妃也想來個親上加親，還是得防備著點。

兩人說著話，已經到了王妃的怡得園外，金氏拉著顧晚晴的手連聲道：「我不進去了，妳一會定要去我那坐坐。」

顧晚晴倒不想拒絕，只是一會還要入宮見王爺，便應了回來後再去她那兒，金氏這才歡歡喜喜的走了。

顧晚晴在怡得園外略整衣裳，這才進了園子。宋嬤嬤早候在園內，見著她請安問好後，便將她引到後院去，並未帶入花廳。

顧晚晴遠遠的瞧見花廳內聚了幾個人，都是妙齡女子，應該就是金氏說的那些人。

跟著宋嬤嬤到了後院的暖閣裡，顧晚晴見到了王妃，王妃依舊美貌慈善，只是看著她的目光稍有不同。顧晚晴再次面對王妃的心態也發生了變化，上次是假的，這次她面前的可是實打實的婆婆了，不由得有些緊張。

王妃瞥見她擺在腹前微微收緊的雙手，輕輕一笑，朝她招招手：「來，我給妳介紹個人。」

顧晚晴順從的走過去，又順著王妃的指向看去，見薰籠處侍候著一個女子，正半蹲著身子往薰籠中添香，一時間看不清容貌，只見到身形窈窕，兩肩削瘦十分好看。

「那是阿影，讓妳帶在身邊，有任何不懂的事情就問她。」

那叫阿影的女子連忙做好手裡的活計起身過來，半低著頭向顧晚晴行了個大禮。

顧晚晴原本見她身姿苗條，還以為是王妃安排要給袁授的人，可一打照面，見阿影的五官雖然還算清秀，但面容枯黃，看起來已年近三旬的樣子，不由得暗笑自己多心。她先是謝過王妃，這才道：「聽聞母妃身體不適，不如我給您瞧瞧？」

王妃擺了擺手，美麗的面龐上帶著溫婉的笑意。顧晚晴見狀卻越發緊張，她看得出王妃笑容中帶著幾分客氣，目光中還有些許審度，這是她們婆媳第一次近距離接觸，給彼此留下的印象如何，是直接關係到以後的相處。

對於王妃，一個隱忍了十餘年為自己兒子謀劃的女人，顧晚晴自然不敢小看，她現在考慮的是自己要以何種態度面對王妃，是以一個知情人身分？還是對一切佯裝不知？王妃對她的信任又有多少？派阿影來自己身邊的真正目的又是什麼？

難道還在摸她的底細？

一時間，顧晚晴腦袋裡閃過了許多念頭，也不輕易說些敏感的話，只坐在王妃身邊對她說了許多袁授的事。兒子在外，母親總是掛懷的。

果不其然，提起袁授，王妃的注意力更集中了些，聽到顧晚晴以半誇張的口吻描述袁授那「九星連珠」是如何出色時，更是去掉了那三分客氣，現出一個欣慰的笑容，但開口卻是：「授兒到底還是年輕，那種風頭不出也罷。」

顧晚晴微微皺著眉，「我也不同意他下場，當時他還帶著傷呢，可他哪會聽我的？等他回來，母妃可得好好說說他一番才是。」

王妃淡淡一笑，回頭望了望屋外天色，「妳還得趕著進宮吧？快去吧，省得耽擱了王爺怪責。」

顧晚晴當即起身告辭，要出門時王妃指著阿影說：「阿影留一留，等妳回來再讓她過去。」

顧晚晴再次應了，這才帶著青桐出門去。待在屋外的冬杏早已備好斗篷，顧晚晴穿戴完畢便離開了。

剛剛她已初步表態，對於袁授的事她不會過於干涉，就算干涉，他也有自己的想法，將來的事還是得由他和王妃做主。她想，既然王妃現在還不能夠信任她，那麼就算她剖心表白也是無濟於事，王妃要做的事總會去做，她倒不如安心靜待，表明自己立場，等王妃查明了一切，自然會表露出態度。

待顧晚晴走得看不見身影，阿影的目光才收回來，垂著頭轉向王妃的方向。

王妃輕合著眼睛沉吟半晌，輕聲問道：「世子可還有什麼話說嗎？」

「世子要您多多保重身體。」阿影的聲音清脆悅耳，與她的外表大不相符。

王妃聞言，睜開眼睛看向阿影，「這倒不像他會說的話。」

阿影抿了下唇，頭垂得更低，「世子說……不要為難夫人。」

「哦？」王妃眉眼不動，「什麼叫為難？」

阿影的聲音驟然低了下去：「一切夫人不願意的事，也是世子不願意的。」

聽到這裡，王妃臉上現出一個古怪的淺笑。「這是他說的？」

阿影點頭稱是，王妃的笑容已轉瞬即逝。「也不知她有多大的本事，能讓授兒說出這樣的話。」

阿影沉默不語，臘黃的臉色瞧著更難看了。

王妃在她臉上掃了幾眼，不無可惜的道：「行了，妳下去吧，身上帶傷還奔波了這麼久，得好好歇歇。」

阿影默不作聲的倒退走出了暖閣。

王妃又使人喚來宋嬤嬤，「妳跟著顧側妃一起入宮，回來也跟我說說狀況。」

宋嬤嬤略一欠身，出門快步前行，終於在二門前追到了顧晚晴等人。

顧晚晴並不介意宋嬤嬤同行，宋嬤嬤是王妃的人，跟來自然有她的目的。

一行四人出了王府後便乘車入了皇宮，過宮門時，顧晚晴還特地看了看那裡的護軍，一個眼熟的都不見，應是全部撤換過了。

進了宮，早有內侍候在那裡，卻不帶顧晚晴去御書房，而是帶她入了內宮，去往劉側妃暫居的甘泉宮。

甘泉宮在泰安帝時是皇后的寢宮，距鎮北王暫居的宮殿最近，當初雖是說為了就近照顧鎮北王，可住在這裡未必就沒有另一層深意，只是這層深意不知是鎮北王的，還是劉側妃自己的。

內侍將顧晚晴等人帶到甘泉宮後便退至一旁。沒一會，宮內出來一個年輕削瘦的白臉內侍，見了顧晚晴，他微微一笑：「顧側妃，王爺等您多時了。」

喜祿，顧晚晴毫不掩飾自己眼中對他的厭惡，當初若不是他，她恐怕早就身在關外和葉氏一家逍遙快活去了。看樣子喜祿已回到鎮北王身邊了，也對，一個洩漏了身分的奸細，的確不適合再留在袁授身邊。只是她沒想到，鎮北王竟然這麼張揚，難道他不怕袁授恨他？還是說他們的關係相互早已心知肚明，無須再做這種多餘的掩飾了？

顧晚晴面色不善，喜祿卻似沒有見到，領了她們往甘泉宮主殿而去。青桐與冬杏在主殿前主動停步，宋嬤嬤卻一路一直跟著顧晚晴。喜祿瞥了宋嬤嬤一眼，也沒有多說，任她跟了進去。

進了主殿後，顧晚晴便見一身常服的鎮北王倚在西側暖閣的貴妃榻上，面容精緻雍容華美的劉側妃輕搭著榻腳而坐，手中拿著如意錘，正輕輕的為鎮北王敲打腰背。

除了他二人，暖閣內還坐著幾人，其中一個是袁攝的正妻季氏，其餘兩個年紀小一點的顧晚晴並不認得。她們三個都低著頭，聚精會神的看著手中的書卷。

喜祿走到貴妃榻旁還未開口，鎮北王便揮了揮手，他的眼睛仍是合著，並沒有讓顧晚晴進來的意思。

劉側妃看著暖閣外的顧晚晴歉然一笑，繼續敲起如意錘，將顧晚晴徹底晾在那裡。

這是在表示不滿嗎？顧晚晴並不著急，與鎮北王也沒那麼多話說，就在外面安心等著，反正都是在殿裡，無風無雨的，站一會又有什麼關係？

當下她便不再理會鎮北王，也無視了季氏與那兩個女孩探究的目光，目光一會瞟到牆上的書畫上，一會轉到擺設的屏風上，每一樣都細細的看，越看越感嘆古代人手工之精湛，就連腳下的地磚都光潔如鏡行之有聲；不過，這還不是最極致的，她以前去過太子東宮，那裡的地磚不止光潔，且呈金黃色，便是傳說中的金磚，製作流程可謂繁複至極。

「不知所謂！」

顧晚晴正在這感嘆著，一聲低沉冷喝喚回她的注意力，她無須抬眼也知道鎮北王終於「有空」理她了。顧晚晴也不計較他的話，步入暖閣中盈盈拜倒：「媳婦顧氏見過王爺、側母妃。」

見她這般行如流水，不焦不躁，鎮北王微瞇了雙眼，細細的打量著顧晚晴。兩個月之前她見到他還會緊張，眼中偶爾還會見到忿色，可今日她分明抗命在前沒有即時入宮，又遭冷淡對待在後，怎能如此淡然？看來出京這些時日，倒長進了些。

顧晚晴保持著行禮的姿勢，直到劉側妃代為開口，她才直起身來，接著又與季氏和那兩個姑娘

相互行了禮，便退至一旁，不說、不問，倒像沒她的事一樣。

鎮北王本就看她不順眼，此時難免發怒，「林婉是七王妃的親眷，跟妳出去短短時日便死於非命，妳倒說說，該如何向七王府交代！」

他不問她直接回王府一事，反而上來就說這事，就是想殺她個措手不及。可顧晚晴眼睛都沒眨一下，僅是偏頭看向鎮北王的方向，「王爺言重了，林婉是隨撫軍大軍一同南下，又於回京之時被叛軍所擄遇害，不知與我有何關係？為何要我與七王府交代？」

之前她怕他，是因為他冷血無情又手握重權，與其說她怕他，不如說她怕的是他手中的權柄，凡人敬畏權勢是極為正常之事；而現在知道他對袁授做下那樣的事，她早視他為敵人，面對敵人她可以怕，卻不會再退縮。

「袁授為撫軍總督，妳既為天醫又是世子側妃，對女眷理應多加照拂。林婉提議回京，妳不攔不勸才釀此大禍，還敢說自己無辜？」

真是討厭，一看到她，鎮北王就不可避免的想到臨陣替換新娘一事，他的一生少有失誤，那件事便是他人生中極少的汙點之一！她竟還敢在他面前侃侃而談？

欲加之罪，何患無辭？顧晚晴沒有馬上反駁，她要抗爭沒錯，但可不能蠻幹。

略頓了頓，顧晚晴才道：「林姑娘生前曾約世子於偏遠樹林一見，世子並未赴約，之後林姑娘便極少露面，後來更勸動了劉思玉劉姑娘一同返京，劉姑娘的大哥劉造亦同行，孫將軍派神風營護送，不想還是出此慘劇，好在劉姑娘毫髮未傷，算得萬幸。」

打太極嘛，誰不會？不過顧晚晴已經覺得膩了，這鎮北王怎麼說也是將得天下之人，怎麼心眼這麼小，一定要處處針對她？

此時，一個高瘦身影自她身邊大步流星的走進暖閣，行至她身前兩步停下，抬手抱拳向鎮北王稟道：「重懲世子之令已快馬發出，撫軍中人擅自返京，世子失察，鞭承五十；林氏遭難，損軍折將亦因此事而起，加懲三十；世子擅自離軍，又懲五十，計一百三十鞭……」

來人侃侃而談，顧晚晴聽著雙眼發熱，險些就要為其辯解，可是在最後關頭又硬生生忍住，指甲死掐著掌心讓自己別衝動。鎮北王早有安排，卻又有意引自己說話，不正是想看她大驚失色的樣子嗎？

穩定了心神，顧晚晴的目光轉至身前那人，那人也正巧偏頭看她，目光相碰，那人輕輕一笑，回頭又道：「父王，這懲處可是重了些？世子之前已被勒令思過了。」

還真是有其母必有其子！顧晚晴收回目光，盯著自己的鞋尖默不作聲。罰吧，有她在，她倒要看看，鎮北王和他這個好兒子還能再親厚多久！

第一百四十一章

【幫手（一）】

「重？」鎮北王以眼角餘光瞥向顧晚晴，詢問道：「妳也覺得重了？」

肯定又是個圈套！顧晚晴有些不耐煩，卻不得不抬頭迎向鎮北王的目光，大大方方的點頭，說道：「重！世子已受過責罰，一罰再罰道理何在？」

「就因為他失職！」鎮北王的聲音驀然冷下：「我還嫌輕了！」

「那王爺大可以打死他，以向七王府賠罪！」顧晚晴十分不爽他的態度，語氣也不加掩飾，硬聲將話說出口。

「放肆！」

看著鎮北王滿臉怒意的驟然坐起，顧晚晴絲毫不覺得害怕，只覺得他萬分可惡，恨不得對他下點毒，讓他也嘗嘗袁授的痛苦才好，不過現在還不是時候。輕舒了一口氣，顧晚晴拚出最佳演技晃了晃身子，微微退後一步，置於身前的雙手緊握著，急聲道：「有一個人比世子更該罰，王爺為何視而不見？」

說完這話，顧晚晴便覺得一道陰惻惻的目光自斜前方射來，她抬頭望去，唯一站在她斜前方的袁攝卻並未看她，好像剛剛那只是她的錯覺。

不過有句古話說得好，寧可殺錯，不可放過。

顧晚晴知道袁攝心中有鬼，只是不知道鎮北王是否知情，當下奇道：「二公子怎的瞪我？我又沒說那人是你，難道你也和這件事有關係不成？」

袁攝的臉色微變，立時轉向鎮北王躬身道：「兒子掛心父王舊疾心緒難寧，不覺失禮了。」

鎮北王沒有答覆，面上神情莫測，微瞇著眼看他。

一旁的劉側妃忙道：「攝兒日前還跟我說替你找了個治腰疾的民間秘方，可所須藥材甚為名貴少見，為這事他已頭痛幾天了。」

袁攝低聲應是，可鎮北王不再看他，轉開目光睨著顧晚晴：「妳說的人是誰？」

「安南侯府的千金，劉思玉！」顧晚晴心急的上前兩步與袁攝站至齊肩。「林婉鬧著要走的時候，我與世子不在軍中，這個罪名我們認，可劉思玉身為未來的世子妃，怎能不加阻攔還要陪著林婉胡鬧？她的家世出身比林婉好上許多，又是林婉的表姐，如果她開口，林婉定是會聽，一定是因為世子對她不加理會她心生嫉恨，有意縱容林婉胡鬧，讓我和世子添麻煩……」

顧晚晴的語速又急又快，其中還帶著抱怨與不平，鎮北王的眉頭越收越緊，看向她的目光也多有改變；袁攝卻是相反，唇邊甚至又掛上了慣有的淺笑，似在仔細傾聽顧晚晴的控訴。

「夠了！」鎮北王黑著臉打斷顧晚晴的喋喋不休，「那麼依妳之見，認為應該如何？」

顧晚晴張了張嘴，又停下，朝鎮北王輕輕一福，「這些事自有王爺做主，媳婦只是覺得，既然世子罰那麼重，那麼有直接責任的劉思玉不是應該罰責更重嗎？媳婦相信王爺定會秉公執法，斷不會偏幫了誰。」

說話至此，鎮北王的臉色徹底沉了下去，心中對顧晚晴已然生出了幾分不耐。還以為她有所長進，或者在袁授那知曉了什麼內情，他才耐著性子試探她，殊不知她那種種所為，竟是無知婦人的爭風吃醋！

偏偏顧晚晴卻是意猶未盡，見到鎮北王那擰起的眉頭，她的臉色也落了下來，萬分不滿的說道：「王爺對世子的處罰這麼重，卻要包庇一個外人嗎？難道王爺對世子有所偏見，要以此事打壓世子？」

聽到這裡，鎮北王心裡的最後一絲懷疑盡去，若是袁授與她說了什麼，她豈會將「偏見」二字說得如此順口？恐怕遮掩都還來不及。

「越說越胡鬧！」鎮北王重新倒下身子，抬手指了指自己腰間，劉側妃馬上會意的又敲起如意錘。鎮北王閉眼沉吟一陣，「攝兒。」

袁攝微微上前一步，「父王。」

「我對世子的確有些嚴苛了，那些責罰……減半吧。」

袁攝應了聲「是」，回頭給了顧晚晴一個人畜無害的微笑。

顧晚晴仍是未給他好臉色看，淡淡別過眼去。

袁攝笑道：「素聞天醫大名，顧側妃可有醫治腰部頑疾的法子？也好讓父王稍解疼痛，省得我們做兒女的始終掛心。」

顧晚晴抿抿唇，稍有不情願的樣子，但還是說：「若王爺允准，讓媳婦看看吧。」

鎮北王早見識過她的醫術，想將她收在身邊的念頭也是由此而起，不料卻出了這等笑話，眼睜睜看著她變成了兒媳婦！心中所思，神色隨之所動，再看向含笑而立的袁攝，鎮北王的心情就不似剛剛那般平靜了。

宮中下藥的事，前些時日似乎有了點頭緒，可沒幾天，線索便中斷於無形，雖無實質證據，可現下京中有這等實力的……不是他不信，而是不得不疑心。

「不必了，沒什麼大事。」再開口，鎮北王對顧晚晴的語氣好了一點：「妳母妃近來身體不好，妳多瞧著點。」

顧晚晴爽快的應了聲。鎮北王又問了些軍中的皮毛之事，便要她回王府去。

待她走後，鎮北王又與劉側妃道：「冬日即過，妳們也暫回王府居住，莫要惹是生非。」

劉側妃察言觀色，見鎮北王臉上沒什麼不悅之色，這才放了心，又瞄著屋裡的兩個表姪女，輕聲說道：「那歡兒和阿雪的事……」

鎮北王擺擺手，「隨妳。」

劉側妃面上喜色未落，鎮北王卻又加了句：「要王妃點頭才行。」

劉側妃心裡一陣空落，這麼多年了，她以為自己就算坐不上王妃的位置，也早已取代王妃在鎮北王心裡的位置，可現在瞧來，卻是她太高看自己了。不過她失落歸失落，該做的事還是要做，想往袁授身邊放人，現在正是最好的時候，斷不能錯過。

顧晚晴等人辭別了鎮北王便直接出宮，並未絲毫停留，不過就算如此，等她們回到王府後天色也已然晚了。顧晚晴乘著軟轎逕自回了自己的院子，沒留心宋嬤嬤早已不在轎後了。

宋嬤嬤自然是去了王妃處回話，王妃正在用膳，見她進來也沒有停頓，還是不緊不慢的用著，直到吃完，才示意屋裡的丫鬟退下，只留宋嬤嬤一個。

宋嬤嬤將今天在宮裡的事仔仔細細的回了一遍，之後垂手而立，並不發表看法。

王妃坐了一會，才又起來踱步消食。「妳怎麼看？」

宋嬤嬤這時才道：「奴婢看不懂，初時倒似有幾分風骨，可後來……劉姑娘是未來的世子妃，顧側妃雖然入門早，但名分已定，怎會這麼想不開，要與劉姑娘為敵呢？她應該明白，就算沒有劉姑娘，她也無法坐上世子妃的位置。」

王妃笑笑，笑容不像平常那樣懨懨的，卻是很有精神，「我想她的確是明白的，開始時是為授兒鳴不平沒錯，後來嘛……應該是她發覺自己人單勢薄，如何是王爺與袁攝的對手？倒不如給他們個愚婦的表象，讓人小瞧總比讓人防備著要好。」

「原來如此……」宋嬤嬤低下的面孔上並未現出什麼訝異之色，又憂道：「既然王妃猜得到，那王爺……」

「不是說他後來挺不耐煩嗎？」提起鎮北王，王妃面上的笑容淡了些，「他向來自負，對於婦人間的爭鬥更是不屑一顧，顧側妃那麼說，只會讓他心生厭煩，覺得她不堪大用罷了。」

宋嬤嬤的神情中帶了一絲驚奇，「難道顧側妃了解王爺至此嗎？」

王妃輕笑，「就算她不了解，不是還有授兒嗎？看樣子授兒已對她交代了一些事情，不過我目前還是不能完全信任她，且看她接下來如何吧。」

王妃與宋嬤嬤逕自猜想著。

顧晚晴回去後卻是有些沮喪，王妃說得對，她的確是驚覺自己孤立無援，鎮北王、袁攝、劉側妃……放眼望去全是敵人，唯一可以相信的王妃卻是對她有所保留，她這才臨時改變了策略。

針鋒相對不如暗自藏拙，她這次回來的主要目的是為了離間鎮北王與袁攝，如果可以，還要替袁授極力爭取支持，只是這爭取不能明說，最終也只能是以此消彼長的方式進行。也就是說，她最終極的敵人是袁攝！她要做的就是誣衊他、打壓他、栽贓他、陷害他，將挑撥離間進行到底！

如何行動，她心裡已有了些打算，不過她需要幫手啊……

顧晚晴自泡澡的木桶中掬了捧水拍到臉上，身子向下又滑了些，整個人自肩頭以下盡沒入灑了花瓣的溫水中。如此舒適的環境並沒有讓她覺得放鬆，她的神經反倒是一直緊繃著，她的腦子裡一直盤旋著一個名字，那個人一定可以幫她，可是那人幫她的同時，也是一個不定時的炸彈，極有可能反噬她。

因為心裡有事，顧晚晴泡好澡出來仍是沒什麼精神。

顧晚晴坐在梳妝檯前，青桐將她的頭髮擦得半乾，接著輕聲說道：「阿影已經來了，等夫人見她呢。」

從鏡中回望過去，顧晚晴見到一張謹慎有加的面孔，心中不由得更煩，頭也不回的道：「讓冬杏進來服侍吧。妳也累了，早點回去休息。」

青桐一愣，停下手中的動作。顧晚晴已自己拿了梳子梳頭，看也不看她一眼。

第一百四十二章

【幫手（二）】

青桐看起來有些許慌亂，不過顧晚晴一直不理她，外頭又有人候著，她輕輕抿了下脣，依著顧晚晴所說叫冬杏進來伺候，自己也不走遠，就在外間的水晶簾子旁站了，雖不刻意，但也小心的聽著裡面的動靜。

「這個阿影，來了後都做了什麼？」內室中，顧晚晴問著冬杏。

冬杏麻利的替顧晚晴梳了個簡單的髮髻，想也不想的道：「沒做什麼，她來了青桐姐就讓她去瞧休息的地方，咱們院子事情少，她就也閒下了。在屋裡待了一下午沒有出來，剛才聽說夫人回來，這才來的。」

顧晚晴點了點頭，她現在是摸不清阿影的來意，王妃已經派了倚重的宋嬤嬤跟在自己身邊，沒理由再派一個，況且這阿影看著面黃肌瘦好像身體不大好似的，若真是想安排得力的人，能派一個這樣的人過來嗎？

不過疑惑歸疑惑，人還是得見的。

顧晚晴換了件淡黃色天貢緞子裁製的夾襖，下邊是嫩綠色的八幅羅裙，裙襬處散繡了些春日花樣，在這即將冬去春來的日子裡，格外的嬌嫩新鮮。

雖只是簡單著裝，冬杏卻笑開了：「夫人這麼穿真好看，這麼些年，我只覺得五小姐的容貌可以和夫人比一比，別人都差得遠去了。」

顧晚晴心裡正琢磨著幫手的事，聽她這麼說不由得失笑：「妳這麼說，可是覺得五姐姐要比我好看？」

冬杏一愣，連忙跪下，「夫人恕罪，冬杏不是那個意思，我只是……只是見許多丫鬟都是伶俐聰明的，害怕自己太過木訥不被夫人喜歡，所以挖空心思想討好夫人，結果還是壞了事。」

她的說辭讓顧晚晴十分無奈，哭笑不得的看著她。「起來吧，我就喜歡妳的這股傻勁，這樣才忠心嘛，要是太伶俐，想得太多，我反倒不喜歡了。」她說著，朝門口處瞥了一眼，她知道青桐在外頭，這些話也是對她說的。

冬杏訕訕的站起身子，好半天不敢看顧晚晴，嘴裡嘟囔著：「其實還是夫人好看……」

顧晚晴瞅著鏡中的自己，雖然已經二十歲，但仍是明媚美麗，只是她以前的眉目中總帶著幾分驕橫，雖然別有美處，但她自己欣賞不來。現在沉穩了些，又少了那些明豔的打扮，看起來竟與顧明珠更相似了。

「行了，讓阿影進來吧！」顧晚晴打斷冬杏的話，自己整整衣裳，起身往外間而去。

到了外間，顧晚晴並不看站在一側的青桐，逕自到主位坐下，沒一會棉簾掀起一角，冬杏先進來，身後跟著阿影那削瘦纖弱的身影。

「阿影給夫人請安，祝夫人福泰安康。」阿影的聲音不同於在王妃那時的清脆動人，變得十分低沉沙啞，與她此時的容貌十分相襯。

顧晚晴將她仔細打量個遍，並未看出什麼，便問道：「妳在王妃那都是做什麼的？」

阿影保持著下拜的姿勢不動。「阿影會幾下粗淺的功夫，蒙王妃不棄收在身邊，不過前些時日患了點小病，最近才又回來伺候。」

顧晚晴訝異的看著她瘦得能被風吹倒的身體。「這倒看不出來，不過妳是王妃送過來的，必不會錯，我相信妳，起來吧。」待阿影起來後，顧晚晴又笑，「只是妳的身子還得養壯一點，我看著才更放心。」

阿影低聲應是，又極快的看了顧晚晴豐軟健康的身形一眼，再度垂下頭去。

她現在的確過瘦了，惹得世子很不高興，但她也沒有想到許久之前的箭傷，竟纏綿到現在還未痊癒，流火說是傷了內腑得精心調養，又教她好好表現，尋機會請夫人替她看看，可……她怎麼敢？勞動了夫人，世子定會生氣的。

「我看妳臉色不佳，先回去休息吧，如果有不舒服，就讓冬杏去請大夫。」

阿影連忙道謝，倒退至門口處這才轉身出去。

她站著的時候後背頸項挺直，不像一般人那樣軟怠，顯然是身負武藝之故，顧晚晴偏了偏頭，待阿影出去很久後才回過神來。

或許是她的錯覺，她總覺得阿影的背影很眼熟，可是她明明今天才第一次見到阿影。

「明天我要回顧家一趟，現在王府裡誰在管事？要與王妃報備嗎？」

顧晚晴離京之前，由於王妃等人都住在宮裡，王府裡的大小事宜都由金氏做主，她那時出門也十分自由，可現在王妃在府中，恐怕掌家之權也都回歸到王妃手中了。

冬杏看了看一旁的青桐，見她低著頭不說話，又見顧晚晴盯著自己，連忙答道：「還是大夫人管事，王妃說是身體不好，不操勞這些。」

「那就好。」顧晚晴起身又進內室，「我累了，妳們都下去吧。冬杏，明早早些叫我。」

冬杏此時才後知後覺的發現顧晚晴和青桐間的不對勁，雖然她早提了大丫鬟，但顧晚晴平日一些貼身的日常起居都是青桐在照顧，她只是負責跟進跟出。

她以目光向青桐相詢，青桐的臉色有些不好，見她看來也不說話，指指內間，示意她進去熄燈，冬杏這才趕緊去了。

顧晚晴奔波了半個多月，早就疲憊到頂點了，剛才泡了個澡，身上更是倦得厲害，幾乎沾到枕頭便睡著了，也睡得極熟，感覺只睡了一會，身邊便有人推她。

誰會在她睡著的時候這麼擾她？顧晚晴心中一熱，一下子睜了眼睛：「阿獸！」

冬杏的手僵了僵，對著顧晚晴訕訕一笑，「夫人……天亮了……」

顧晚晴眨了眨眼，轉頭看向窗子，果然外頭已經亮了，不由得一陣氣苦，怎麼這麼快？她才躺下啊……還叫錯了人，真是傻到家，她已經不在顧府，袁授也不在京城，而是在千里之外了。

「睡糊塗了。」顧晚晴掩飾著微微發紅的臉下了地，使勁伸了伸腰。

待梳洗過後步入外室時，見青桐在桌前備飯，這些以前都是冬杏的工作。阿影也在旁邊，休息了一晚，她的臉色明顯看起來好了不少。

用過早飯，顧晚晴去向王妃請安，王妃還未起身，只派了丫鬟出來轉告她，要做的事早點做，宮裡已傳來消息，許多人要回府居住，到時候再想出門可不那麼方便了。

顧晚晴謝過王妃，打消了先去探望金氏的想法，讓人往金氏那裡帶個話，說她有急事外出，等她回來再聚。想了想，還是讓冬杏去，她則帶著青桐和阿影出了王府，直奔顧家而去。

在車裡，阿影很沉默，青桐的神情間則帶了些激動。

顧晚晴心中暗嘆一聲，也不避著阿影，輕聲說：「妳跟著我這麼多年，實在不用想得太多，有分寸是好事，但過了頭，就生疏了。」

青桐滿面愧色，先是看了看如同入定般的阿影，才低頭小聲道：「是奴婢想多了，請夫人責罰奴婢。」

顧晚晴擺了擺手，「妳是奶奶給我的人，也是我最相信的丫鬟，當初我離開顧家，還多虧妳才能找到落腳的地方，我心裡是感謝妳的，所以回來後便是把妳要回來。不過，妳從五姐姐身邊回來後就一直擔心我懷疑妳，我原想著過段時間也就好了，可這都過幾年了，妳的憂慮不減反增，處處迴避、處處小心，是怕我哪日心情不好找妳麻煩嗎？在妳心裡我就是那樣的人嗎？」

青桐羞愧萬分，改坐為跪。「夫人是什麼樣的人，奴婢再清楚不過，只是因為這些年看多了事，心裡總是難免悲涼，夫人回來前，奴婢聽聞劉側妃身邊的柳桃不聲不響就死了，心裡更是害怕，想著柳桃之前是那麼得劉側妃信任，怎麼就……這才對夫人多有怠慢，可夫人真的不理奴婢，奴婢又難過得厲害，一時間……」說到這裡她有些哽咽，是真的急了。

顧晚晴輕舒了口氣道：「妳能對我說出這些話，可見妳還是忠心的，不會說胡話來糊弄我。」

青桐輕輕叩了個頭，眼圈通紅通紅的。

顧晚晴看著她日漸成熟的容顏，心裡倒也覺得這兩年忽略了她，青桐本就比她大兩歲，今年已經二十二了，若是一般的大丫鬟，這個年紀已經放出去成家了，可她從來沒辦過這些事，心裡也一直還留存著以前的觀念，二十多歲正是青春正好的時候，哪裡就老了？這一忽略，就把她給耽擱了。青桐心中不安，也未免沒有她從沒提過放她嫁人這個因素在裡頭。

暗暗記下這事，顧晚晴讓青桐起來，並沒擺什麼臉色，還似以前一樣。青桐起先心裡還惴惴的，但到了顧府後，見顧晚晴吩咐她的態度和情緒一切如常，這才漸漸放下心來。

顧晚晴這次回來是找顧長生的，顧長生也一早得知了她回京的消息，猜到她會回來，便早早的在長老閣等她。

顧晚晴進入長老閣正堂時，顧長生正在看著一本書發愁，好一會才留意到她，隨意的擺了擺手，「別打擾我，我正為今年的大比頭痛，人我已備好了，妳領走吧。」

顧家五年一次醫術大比，上次因天醫之位空懸而改為天醫選拔，這次則是要回歸正軌，從顧家年輕一輩中選出精英重點培養。

「真快，已經五年了。」顧晚晴低低感嘆一句，看著顧長生因為聚精會神而微擰的眉頭，曾經雋秀無瑕的少年面孔已經漸變沉穩，眉目間的傲氣收斂了許多，神情也豐富了些，更像個活人了。略略感嘆一陣，顧晚晴笑問道：「你怎知道我是來向你要人的？」

顧長生抬起頭來，輕哼一聲，「妳我之間本也沒有太多交情，無須敘舊，便只剩公事。人是妳臨走前交給我的，現在過來還不是要人嗎？樂姨娘現在每天跟著母親吃齋唸佛，養得白白胖胖，我可以交差了，只是妳別高興太早，顧明珠的腦子可比妳靈泛得多，莫要賠了夫人又折兵。」

第一百四十三章

【幫手（三）】

顧晚晴微微一笑，顧長生若是真像他說的那樣公事公辦，就不會出言警告她了。

不過對於顧明珠，顧晚晴自是不會小瞧。一個有著明確的目的，失去主動權後又以極快的速度為自己爭取到一個高端身分，身處劣勢仍能進可攻、退可守的人，怎麼都是值得重視的。而最要緊的，顧明珠不僅具備了聰敏的反應能力，她還心狠！

雖然每個母親都希望兒女好，每個母親也未必不能做到像樂姨娘那般為女兒退避，可她這個做女兒的不僅不加以阻攔，反而還要盡量淡化樂姨娘的存在感，犧牲母親來成就自己，這並不是每個人都能做到的。

「我這次來，的確是為了樂姨娘的事。」

顧晚晴逕自走到顧長生身旁的位置坐下，看著他手裡翻了大半的《紫源古方》，又看看他沉吟靜思的神情，開口道：「顧家歷經百年，每次大比都以《紫源古方》為題本，有心的早就把這本書研透了，隨你怎麼出題，總是有對策的。」

顧長生也是經歷了兩次大比的人，豈會不知？可由《紫源古方》出題已經是約定俗成之事，要看一個人有沒有學醫的潛質，就要他改方，改得越多越準，得的分數就越高。可也如顧晚晴所說，這些年雖然長老閣挖空心思的改編出題，可題庫明擺在那，總會被有心人猜到，有些人甚至還找了些前人修好的成方給孩子背，經這樣選拔出來的哪會是什麼人才？

想到這裡，顧長生乾脆丟了顧氏族人視以為本的《紫源古方》，向顧晚晴側了側頭，「依天醫之見呢？」

「這會記得我還是天醫了？」顧晚晴悠閒的喝著茶水，然後問道：「我之前向你提議的事，你想好了嗎？」

她希望顧長生留在顧家，有顧長生在，就算大長老與顧長德再也無法回來，她也放心。

顧長生轉過頭去沒有回答，撿了《紫源古方》繼續翻看。

顧晚晴也不急，她覺得顧長生心裡是離不開顧家的，否則一個即將離開的人，怎會為大比之事如此上心？再者，顧長生想帶周氏一同離開，可周氏是顧家的人，縱然她這個天醫不為難他們母子，可是周氏的名字從此便要從顧氏的族譜上剔除，死後不得入祠堂，這樣的代價，不是人人都付得起。

不過，現在顧長生不鬆口，她也無謂步步緊逼，轉了口風道：「你可以慢慢的想，大長老他們還沒有消息，而且將來就算他們回來，也不再適合到處走動了，顧家的事你得多多擔待才好。」

不管是不是被迫，大長老和顧長德總歸是跟著聖駕南下走了一圈。雖然袁授答應會極力護他們周全，可回到京中又是另一回事。到時新帝登基，前朝舊事總是能避則避，能不提的就不提。

顧長生頭眼不抬，清靈雋秀的側面完美呈現在顧晚晴面前，顧晚晴又笑，「聽說代家主在族中威望甚高？」

顧長生還是不說話。顧晚晴輕嘆一聲，「如果你考慮好了就差人給我帶信，我有些事情要與天醫和家主商量，很重要，或許會關乎到顧家將來的運勢。」話說至此，顧晚晴話鋒一轉，「樂姨娘我就不帶走了，你派人把她送到水月庵去吧。」

顧長生雖不願意就此接下天醫的重責，可顧晚晴說話說了一半實在不厚道，正想發脾氣不欲理她，又聽她做此安排，終是沒忍住：「怎麼？不用拿人要脅了嗎？」

顧晚晴笑笑，「對，我把樂姨娘還給她了。」

又是話說一半，顧長生不滿的皺了皺眉，「妳越來越狡猾，就快跟那仙女一樣了。」

顧晚晴頓時失笑，點著頭說：「我要向她學習的地方還很多，希望你將來不要像討厭她那樣討厭我。」

和顧長生沒再久談，交代好了事情，顧晚晴又去見過了周氏。她與周氏並沒有話說，安安靜靜的陪她用了中飯，又稍稍一坐便離開了。本想再見見代家主顧天生，可他既已為代家主，自然有忙不完的事，顧晚晴並沒遇見他，直接回了鎮北王府。

對於樂姨娘的安排，顧晚晴也是三思又三思，她可以再要脅顧明珠一次，可這若是要脅成了，她得時時防備顧明珠的反噬。與其日夜提防，不如讓顧明珠自己選擇。

顧明珠以前人緣極佳，又素有醫名在外，於京城的名媛貴女中很有號召力，這也正是顧晚晴想要藉助的，後院的力量最容易疏忽，也最容易壞事。當初顧明珠不離開京城，便是不甘心就此失敗，她自有她的野心。

這次也一樣，顧晚晴相信顧明珠同樣不會離開，她只會衝進戰局把水攪得更渾，到時是尋仇還是合作一目了然，顧晚晴才能進可攻、退可守，替自己留有餘地。

帶著青桐與阿影回到鎮北王府，見到的是一副熱鬧景象，處處是人影，裡出外進看得人眼花，好像府裡所有的下人都行動起來了似的，每個人手裡都拿著或抬著東西，神情俱是既歡喜又謹慎的樣子，看起來精神頭十足。

顧晚晴猜，大概王妃早上所說要回來的人已經回來了，所以這些人才這麼拚命的表現。只可惜他們全都表錯了情，以為王妃提前回府就是受了冷落，劉側妃陪在宮中就是倍受信任？

以前袁授羽翼未豐，王妃自然不會與劉側妃爭什麼，可現在袁授的勢力已漸漸成熟，又有哈氏這樣的大金主在後支持，想平庸都是不可能的，王妃怎還會任由大權旁落在一直給袁授下絆子的袁攝一方手上？

或許用不了多久，這些現在看著眼熟的人就會消失不見，今天的諂媚討好，也不會為他們爭取到更多的榮華富貴了。

顧晚晴回到院中換過衣裳，剛打算去看看金氏，王妃身邊的香茗便過來，說劉側妃回府了，有事請王妃允准，王妃請她過去說話。

劉側世有事求王妃，卻要叫她過去說話？顧晚晴稍稍一想，眉頭便蹙了幾分。

青桐、冬杏在王府中生活這麼久了，多少知道些事情，都為顧晚晴抱不平，但礙於宋嬤嬤和香茗在這，不好表現出來，便只對視一眼，兩個人暗暗的生悶氣。

她才嫁進來多久啊！雖然早有金氏提醒，又有袁授的愛語縈繞在耳，可顧晚晴心裡還是難免堵得慌。就像打扮得漂漂亮亮的準備出去玩，可是剛出門就看到一坨狗屎，雖然還沒踩到，但看著也是礙眼。

不過，這事定是躲不掉的，王妃現在態度不明，顧晚晴也不指望她能幫著擋下這事，說不定王妃也早備了人呢。

調整了一下心態，顧晚晴並沒讓青桐和冬杏跟著，以免出了事情有人小題大作要發落她身邊的人，略一思索，她只帶了宋嬤嬤和阿影過去。她們都是王妃的人，料想沒人敢動她們。

顧晚晴跟著香茗來到王妃處時，劉側妃正坐在王妃左下首喝茶，她身後站著兩個如花似玉的姑娘，正是顧晚晴日前在宮裡見過的兩個。屋裡又有幾人，都是鎮北王的妾室，身邊也或一或二的站著人，莫不年輕美麗、花枝招展的模樣。

王妃臉上還是那副淡淡沒有侵略性的笑容，見了顧晚晴輕輕一點頭，待顧晚晴見過眾人落坐後，她才轉頭與劉側妃道：「妳有什麼話只管對她說吧。」

顧晚晴是世子側妃，坐的是王妃右手邊第一個位置，與劉側妃相對。聞言，她綻開一個笑容望過去，「側母妃有何訓示？」

劉側妃也不拐彎抹角，笑得眉眼彎彎道：「世子側妃言重了，還不是我這兩個姪女，承蒙王爺青睞，覺得她們還算細心，想讓她們過去給妳做個伴。這事王爺原是決定了，可是府內尊卑有別，我不能亂了章程，自然是要來稟過王妃，王妃體恤妳，想當面對妳說明這件事，以免將來生了什麼誤會。」

輕輕巧巧兩句話就把自己撇得一乾二淨，事情是王爺定的，她也是王妃叫過來的，是王妃要對她說，可沒她劉側妃什麼事。

顧晚晴心中冷笑，面上卻是不露一點，順著劉側妃的話故作訝色：「來陪我？我身邊有隨身的丫鬟，母妃又賞了宋嬤嬤跟著，不缺人陪著啊！」

這兩人是她的遠房姪女，怎能與丫鬟、婆子相比？劉側妃臉上笑容一滯，繼而覺得顧晚晴這傻裝得太無力，壓下眼中的嗤笑看向王妃，反正她已經把王妃推出去了，只等著王妃開口便是。

豈料等了半天，王妃半合著眼簾，一手輕撚手中的佛珠竟是入定了！再看顧晚晴，一副好奇探究的模樣，也不看王妃，只盯著她看。

劉側妃有心再等一等，可招架不住屋裡這麼多人的目光。雖然很多人也不明白向來和善的王妃今天怎麼會突然晾著劉側妃，可事不關己，有熱鬧看總是好的。

抵不住屋裡沉默，劉側妃開口笑道：「世子側妃當真是純潔懵懂，讓我們這上了年紀的人好生羨慕。如此我也不妨與妳直說，她們姐妹是王爺指給世子的，具體的名分還得王妃來定，世子側妃若有意見不妨也說出來，咱們大家參詳參詳。」

顧晚晴不理會劉側妃話裡帶刺，驀然冷了臉，站起身道：「側母妃讓我提意見，可是我能做得了主？」

她的臉色毫不掩飾，不僅劉側妃皺了皺眉，王妃撚著佛珠的手指也微微停頓，輕輕抬了眼簾，望向她。

劉側妃看向王妃，語氣中帶了幾分討好的意味：「府中自有王妃做主，但王妃隨和，也是聽得進人說話的。」

顧晚晴冷哼出聲：「有人敢欺母妃和善好說話，我可不敢，既是我做不得主的事，又來問我做什麼？側母妃送人便送人，何必要栽到王爺頭上？我就不信王爺那樣雄材偉略的人，會示意這樣入不得眼的事！」

撇開自己嘛！誰不會？

第一百四十四章

【相對】

對於劉側妃，顧晚晴早做好了應對打算。袁攝是個笑面虎，背地裡總要替袁授找不自在，她也見識過，她對袁攝都沒有好臉色了，對劉側妃又怎能笑臉以對？要統一戰線才不會引人懷疑，再者，她的態度明確一點，也能更讓鎮北王放心。

劉側妃之前臉上一直是笑咪咪的，這表情這麼多年她都習慣了，就算是發怒，她也是微笑著，絕不會將自己陰暗難看的一面表現出來。可顧晚晴這番話來得突然，著實讓她愣了一愣，而後怒意才升上心頭。當著這麼多妾室的面，顧晚晴所言，不是明擺著在打她的臉嗎？

不過劉側妃雖然惱怒，臉上卻沒現出多少怒意，只是微收了笑容，不滿的盯著顧晚晴，「顧側妃是在質問我嗎？妳目無尊長放肆無狀，卻將髒水潑到我的身上，這是何道理！」

顧晚晴心中主意已定，哪會聽她陰陽怪氣的說話？當下冷笑一聲：「我說的難道不是實情？側母妃若心中無愧，就將王爺請回對質，無媒無聘往兒子房中塞人這樣的事，若真是王爺的意思，我也認了！」

劉側妃這回是當真惱了，找鎮北王對質？雖然鎮北王不反對，可要說這事是他出的主意，他的臉面可是不能再要了。

劉側妃惱怒了兩回，終是沒爆發出來，而是轉向王妃形悲意切的道：「顧側妃對王爺出言不遜，又辱及卑妾，王妃定要給卑妾做主！」

王妃慢悠悠的抬眼看來，又不動聲色的掃了在座眾人一眼，最後目光才落至惱怒而立的顧晚晴身上，心裡有些驚奇又有些拿捏不準，當下緩緩的道：「劉側妃，這件事到底是誰的主意？」

劉側妃心裡窩火，這種事情王爺怎會主動開口？都是心照不宣之事，況且王爺也已經准了，怎麼話出來就成了她假傳聖旨？

劉側妃輕吸一口氣，按捺下心頭惱意，瞥了眼看熱鬧的眾人，淡淡的道：「我原是看世子院子裡人丁單薄，世子又年紀不小，這才隨口一提，正巧王爺在我那，見到我這兩個姪女，便說讓她們過去，都是話趕話的事，若硬是說這事是我的主意也未嘗不可，可王爺也知情……」

「側母妃早這麼說不就好了嗎？」顧晚晴冷著臉坐回原處，「一開始就把王爺抬出來，側母妃倒是做了好人，好在我多問一嘴，要不然恐怕是要怨上王爺了。」

劉側妃對顧晚晴早就不耐，聽了這話更是連笑都不願裝了，這不是擺明了說她拿王爺做擋箭牌嗎？當下也沒了好臉色：「怎麼？剛才還說沒意見，這會又不滿意了？女子須具婦德，善妒可是歸於七出之條的，顧側妃還只是個側妃，原說這些事也是無須經妳同意，就算是世子正妃在，答不答應，不也全是王妃的一句話嗎？」

顧晚晴聞言忽然笑了：「側母妃此言我記下了，側妃就是側妃，怎麼也越不過正妃去，這點道理我倒是能明白，最怕有些蠢人不明白，還沾沾自喜的以為聰明，側母妃，您說是嗎？」

顧晚晴字字都咬準了一個「側」字，劉側妃不願在眾人面前失了風度，可心裡著實氣得要死，臉色也無比難看，硬咬著牙不加理會，轉身看著王妃，涼涼一笑，「王妃真是好福氣，這樣口齒伶俐的兒媳婦，實在難尋。」

王妃看不出喜怒的掃視眾人，「罷了，她性子直，以前就早有耳聞，今天倒也開了眼界。」

劉側妃面露譏笑，顯然以前也沒少聽說顧還珠的「悍婦」之名，早先沒有深交，只看著端莊文靜的，還以為都是謠言，今天一見，果然名不虛傳，當下對顧晚晴又低看兩分，正想再提兩個姪女的事，不料王妃話鋒一轉。

「顧側妃著實是真性情，恐怕二位姑娘過去會與顧側妃有所誤會，心生不愉。何況現在世子不在，她們也難定名分，這件事我看就先暫緩吧。我會與王爺商量，待世子回來再做決定，到時候顧側妃……」

顧晚晴連忙欠身，王妃淡淡的道：「屆時無論世子如何答覆，妳都要謹遵婦德才是。」

顧晚晴應了聲「是」，又是一副伏低做小的樣子，劉側妃氣得牙根發癢。原本這事王爺不置可否，她好不容易才說動了王爺同意，卻沒想到終是功敗垂成。等袁授回來？那也是宣城大破之後了吧？到時袁授前途無量，再想往他身邊放人，可沒那麼容易了。

劉側妃恨得咬牙，顧晚晴卻是絲毫不掩勝利喜色，更是讓劉側妃的臉色黑了三分，匆匆與王妃道別，帶著她那兩個嬌美姪女走了。其餘旁人見狀，也都暫時收了心思一一告退。顧晚晴盯著那些美姑娘或懊惱或怨恨的精采神色，心裡這才大大的鬆了口氣。

如今人人都瞅準了袁授將來是要潛龍入海的，否定了一個劉側妃，還有千千萬萬個劉側妃站起來，若不從源頭堵死，她今後可有得忙了。

待所有人都退出中堂後，顧晚晴自覺的站起身來，低頭站在那裡，等候王妃發話。

王妃輕笑，臉上少了幾分人前的嚴謹，「妳倒知趣。」

顧晚晴提裙跪下，「多謝母妃成全之恩。」

王妃並沒叫她起來，而是打量她良久。給袁授納妾一事她並非只是成全顧晚晴，還因為那兩個人是劉側妃送來的，她怎會容許兒子身邊有這麼兩個人？而後才是袁授的囑託。

這也讓她更加好奇，袁授對顧晚晴的上心是前所未有的，而顧晚晴的態度十分顯著，她不喜歡袁授納妾，可袁授身在這個位置，將來聯姻是勢在必行之事，她倒想看看，袁授的上心能到達什麼程度，而顧晚晴的堅持又會持續到什麼時候。

「雖然之前關於妳的傳言不少，但我原先看妳像個穩重的，可是今天一看，倒是我走了眼。妳對劉側妃不敬，她豈會饒妳？」

顧晚晴安靜的聽著王妃問話，輕輕一躬身，「劉側妃想取母妃而代之，心思不是一天兩天，雖然不可能，但看著她在眼前蹦躂也不是什麼舒心的事，母妃仁慈不願與之相爭，是媳婦小肚雞腸，看不得她這小人得志的模樣，對上便對上，有母妃支持，我又怕得什麼？她有我這個眼中釘不除，必定上火難安，於精力也多有牽扯，最好氣病了，少在母妃面前礙眼，也少打擾母妃的大事。」

聽完顧晚晴的話，王妃略帶疑慮的目光漸漸轉為讚賞，拘著的脣角終於揚起一個好看的弧度。

從前只聽說她刁蠻張揚，後來消息漸少，直到再次隨王爺入京，又聽聞王爺有意納她為側妃，這才重新注意起她。

鎮北王雖有羨美之心，可他對自己要求極嚴，閨閣之事亦是如此，從不肯操勞傷身，是以這麼多年，王府中最年輕的妾室都已過了三十，近十年來更是沒收過一個新人，突然有此決定，很難不讓人留意。

王妃那時雖然注意，卻也沒有上心，她對鎮北王信任已失，哪還管他收了什麼人？可王妃沒有想到，自個的兒子竟比她更為焦慮，又借了宋嬤嬤去做事，她也是直到宋嬤嬤回來稟報，才知道袁授做下了什麼樣的事，這才真正的留意起顧晚晴這個人。

在她看來，顧晚晴出身一般，雖也算得上大家閨秀，但畢竟與書香門第和世族貴胄難以相比；顧晚晴的容貌倒也出色，但名聲不好，唯一所占的就是對袁授當年有恩，她也以為袁授不惜冒險做出這樣的事是因為當年之舊，可直到流影過來，她才覺得自己的想法似乎不對。

袁授對顧晚晴的用心程度遠超出她的想像。她這個兒子，五年前被尋回來長進極快，這也給了幾乎要絕望的哈氏族人一個天大的希望，他們一邊與鎮北王虛以委蛇，一邊不惜動用全族之力支持袁授，只待有朝一日成就全族的期望。

袁授也不讓人失望，短短時間，他的成長速度讓人咋舌，可也因為如此，他乍然由一個懵懂少年接觸到那樣許多齷齪之事，心思深沉得沒邊沒落，除了對她這個母妃外，對待旁人時幾乎帶了一種變態的冷漠。當然，他掩飾的很好，卻也讓她深深擔憂。

袁授是她未來的依靠，但他也是她的兒子。雖然十年未見，可母子連心，他的任何舉動都牽著她的心，她不願相信自己的兒子是個無情之人，可越來越多的事實又不得不讓她相信。

不說旁人，只說流影。那是他剛學會與人交流的時候親自挑選訓練的人，對流影當真是另眼相待，吃穿用度都是最好的，危險的任務是絕不用出，又常常看著流影出神，就連她得了消息後，也覺得袁授是喜歡流影，袁授總有一天會收了流影。可沒想到那一天到來的時候，卻是要流影去執行那樣一個任務，最終他臨時改了主意，毫無通知就讓人去執行，流影便是那次傷於自己人手下，險些丟了性命，他卻一切如故，別說探視，問一問都嫌多說。

說起來，那件事也是因顧晚晴而起。

王妃不著痕跡的看了立於顧晚晴身後的阿影一眼，原來他所做的一切都是為了顧晚晴嗎？他從那麼早，從初通人事開始，就決意要將她護在身邊了嗎？

第一百四十五章

【赴宴】

王妃想很多，大多是感嘆，今天的事又讓她對顧晚晴添了幾分信任，只是她還是不確定，顧晚晴到底要怎麼幫袁授成就大業？此事之複雜，可不是單單在後宅爭鬥便可以。

顧晚晴回到自己的院子不久，便收到王妃送來一封已經開了封的信，信上的落款處寫著袁授的名字，顧晚晴連忙打開。信內的字體勁瘦有力，字如其人，信是寫給王妃的，多為問候之語，其間問起她的不過寥寥數字，顧晚晴雖然明白袁授要對外做出姿態，可心裡也有點失望，整整一個晚上，心情一直是鬱悶的。

如此過了兩天，顧晚晴之前趕路的疲憊完全消退，人也精神了許多，可她想等的人一直沒來，正當她有些不確定的想悄悄派人去查查的時候，一張請帖送到她手中。

那帖子十分樸素，青灰色的底子，封面上寫著「呈鎮北王府世子側妃」的字樣，打開來，內頁只寫著共邀品茶，而後時間、地點，十分簡單，下面落著水月庵的字樣，是誰請的卻沒說。

不過，顧晚晴心裡篤定是顧明珠請的，除了她還有誰呢？

可冬杏聽說了這事後滿面喜色的道：「早聽說水月庵要辦賞茶宴，去的都是京中名流呢，夫人能得這帖子，可見水月庵的目光不俗。」

「妳倒越來越會說話……」顧晚晴聽了後又不確定起來。

水月庵作為京城第一大庵堂，受了京中許多權貴眷屬的供奉，所以每年都會舉行類似觀花節或是賞茶宴這樣的活動以回饋結善緣者。

難道不是顧明珠?顧晚晴心裡疑感，下午差青桐去王妃那裡打探，果然王妃也收到了請帖，不過王妃是不去的，倒是劉側妃要去。

「還是去吧……」

雖然與劉側妃同行令人不喜，但能名正言順的出行也是十分難得，況且還有金氏等人，途中也不會無聊。最要緊的，顧晚晴是想去水月庵看看，顧明珠到底做了什麼打算。

賞茶宴的日子是二月初八，轉眼便到這天，顧晚晴前幾天就聽說劉側妃張羅著要做春衫，還在外頭喊了有名的裁縫進府趕製新衣，便是為了今天能在眾人面前出出風頭。

金氏那邊也忙活著，又記得替顧晚晴這邊送了同樣質地不同花色的料子，金氏身邊的玉扣送東西來的時候還說了金氏新衣的樣子，讓顧晚晴思量著做，別重複了樣子。

水月庵的賞茶宴請的自然都是京中的名流女眷，女眷齊聚之地難免爭芳鬥豔，可這個時候穿春衫未免太早了，顧晚晴謝過金氏的好意，又讓玉扣拿了整套的首飾回去，讓她轉告金氏要注意保暖，不可前功盡棄。可自己卻不緊不慢的，衣服挑了一套平常少穿的素錦冬衣，配上一雙王妃賞下的蜀錦銀絲鑲瑟的厚底繡鞋，配飾以白玉為主，整個人顯得素雅潔淨。

冬杏對顧晚晴的裝扮很不滿意，總想給她多戴個翡翠鍊子，或者插個赤金紅寶步搖什麼的，都被顧晚晴否決了。冬杏嘟著小嘴道：「夫人的鞋子倒是極耀眼，可惜被裙子擋住了，誰看得到？」

顧晚晴但笑不語。

青桐笑道：「擋上才好，不經意間露出來，才不會被人小瞧。至於衣裳，那裡已是百花爭芳了，多一朵不多，還不如自己舒服一點。」

「就是這個理。」顧晚晴與京中的許多貴女都打過照面，可從前都是以醫者身分，現在雖然身分不同，可也不好打扮得花枝招展，以免有暴發戶的嫌疑。

再往大了說，因為大公子是無論如何也沾不上皇位，所以金氏再高調，也不會牽動任何政治關係，換句話說，她是有資格顯擺的。可她自己和劉側妃不同，她們兩人的身分又更為敏感。

聽說宣城那邊已然有了鬆動之意，拖不過一月，宣城必破。這樣的局勢大家心裡都明白，鎮北王潛龍出海是指日可待之事，劉側妃一個妃位是跑不了的，哪怕是七王妃在，也要給劉側妃幾分臉面。況且這次王妃不去，劉側妃便是頭一份的面子，她就算穿著麻布去恐怕也會被人當作流行指引，她顧晚晴何必自降身價與人鬥豔？

整裝完畢後，顧晚晴便去會合了金氏。

金氏果然依她所說穿了冬裝，顧晚晴輕輕一笑。金氏洩氣的過來挽住她，朝一旁等待出發的劉側妃一努嘴，「妳瞧，側母妃今天可是太漂亮了。」

顧晚晴睨過去，見劉側妃長眉水目面色紅潤，脣色淺淡，絲毫不像四十多歲的人。她梳著平常的高髻，著重襯出頭上那套百鳥朝鳳赤金珍珠百鑽頭面，披著純色的狐皮大氅，衣裳蓋在大氅下，只露出半截五彩嵌金的緞紫長裙。縱然如此，她整個人也彷彿籠罩在一層華光之中，奪目耀眼。

顧晚晴輕笑，「今日母妃不去，側母妃便是鎮北王府的臉面。常言道，貴氣不夠金來湊，側母妃深知此理，自然華貴非常。」

前幾天那件事金氏雖沒在場，但大概是聽說了，倒也理解顧晚晴的針對之言，可劉側妃在府中的地位不可小覷，便偷偷扯了顧晚晴一把，不讓她繼續說下去。

劉側妃原本心情不錯，聽得此言臉色頓時一沉，她身邊的二夫人季氏輕擰眉頭瞥過來，與顧晚晴略一對視，便又移開，轉眼看向屋外，低聲對劉側妃道：「側母妃，二爺來了。」

說著話，一身絨白冬裝的袁攝便步入中堂。袁攝生得俊美身形頎長，又好穿淺色衣裳，無論何時都顯得玉樹臨風。

見到袁攝，劉側妃眼中的不悅消滅了去，取而代之是滿滿的自豪之情，心中哼笑，那半路尋回的野小子如何與袁攝相比?就連王爺，也是屬意袁攝的，只是礙著王妃……想到素來身體不好、近來卻明顯精神的王妃，她的心情又回落下去。她得催著父親快些行事了，否則等宣城一破，名分一定，有些事就不好說了。

袁攝是特地前來送她們前往水月庵的，這也是劉側妃有意安排，她早想給袁攝再添一些助力。袁攝已然娶妻，名門嫡女是萬不會給他做妾的，可總有一些旁支庶女，若能引進府來留在袁攝身邊，多少也是幫助。

袁攝進來後先與劉側妃問了安，又與金氏和顧晚晴見禮。金氏微笑回禮，顧晚晴卻不怎麼給他好臉看。

「二公子言重了，不知更改世子處罰的命令是否發出去了？莫不要假裝忘了啊！」

「多謝顧側妃提醒，待今日回來我就去查，要是出了差錯，定拿失職之人交由顧側妃處置。」

袁攝的臉上帶著慣有的淺笑，讓人看著十分舒服，可看在顧晚晴眼裡就是無比陰森。

「不必了。」顧晚晴沒好氣的一笑，扭頭與金氏說：「有些人就是不安好心，什麼事都能編排出罪名出來，我要是真審了他的人，他早一狀告到王爺那去治我的罪了。」

顧晚晴對劉側妃母子的「敵視」，演得可謂十分徹底，袁攝面上笑著連說不敢，心裡卻是嗤笑不已——就這麼一個目光短淺、衝動愚蠢的女人，竟也值得父王與袁授兩相爭奪？他們的眼光可真令人擔憂。

後宮下藥一事，袁攝自然明白不是自己做的，雖然種種線索都指向他，還令鎮北王對他有所懷疑，但終究是沒有切實的證據。

鎮北王心有疑慮，可袁攝卻清楚，能花這麼大力氣對付自己的，除了袁授還有哪個人？原以為袁授娶顧晚晴只是為嫁禍，可沒想到袁授撫軍竟也帶了她去，從軍中又屢屢傳回世子夫妻恩愛之言，這才讓他開始重視顧晚晴，原還打算著在她身上多做此文章，現在看來是不必親自出手，一個愚婦而已，有母妃對付她也就夠了。

出門之前，袁攝不經意的瞥向劉側妃，劉側妃也正好看過來，臉上帶著兒子被人譏諷的不服與怒意。袁攝微微一笑，又看了一眼季氏，季氏垂下眼去，似有若無的點了下頭，這才扶著劉側妃出門去。

王府外早有幾輛華蓋馬車候在那裡，季氏與劉側妃共乘，金氏與顧晚晴共乘，袁攝騎馬行於華車之側，從容悠然，更添幾分謙謙之氣。

出京的一路上又有許多馬車同行，大多是往水月庵去的京城貴女，不少人都從簾中窺望著袁攝，經過他時車內隱傳笑聲，袁攝都充耳不聞，像一個目不斜視的正人君子！

劉側妃放下微挑的車簾，淡淡一笑，「攝兒真是越來越像他父王了。」

季氏自然察覺了外面的動靜，輕咬著下唇低頭不語。劉側妃不悅的道：「怎麼？妳也想學那潑婦的做法，讓人笑妳小肚雞腸是個妒婦嗎？」

季氏端莊美麗的臉上現出幾分無奈，靠過去與劉側妃小聲說了袁攝交代的事情。

劉側妃一愣，繼而大喜，銀牙微錯猶不甘心的道：「這樣爽快，倒便宜了她這小潑婦，我還想慢慢的磨著她，看笑到最後的是誰！」

季氏抿抿唇，不再說話。劉側妃看了她一眼，緩下臉色道：「妳不用擔心，妳是我親外甥女，我哪能不為妳著想？只是男人三妻四妾實屬平常，攝兒終非池中之物，這樣的事更是避免不得，他也需要助力不是嗎？況且這幾年我刻意管著，攝兒身邊只有妳一個，妳也有了子嗣，那是攝兒的嫡長子，將來誰能動搖妳的地位？莫要學那小潑婦，有那樣不識大體的女人跟在身邊，袁授的運數也是有限，豈能與攝兒相比？」

聽了這話，季氏的臉色漸漸好了些，輕輕靠到劉側妃肩頭，小聲說：「姨母，您說將來……真有那麼一天嗎？」

劉側妃掀掀唇角，目露感嘆，「只要妳外公那邊配合得當，就算是以王爺之能，也不得不倚仗攝兒。至於王爺嘛，大事將成，從他讓我們住回王府就看得出，他現在力求穩妥，一個退而求穩的人，還會是那個殺伐果斷的鎮北王嗎……」

她婆媳二人在車內說著悄悄話，顧晚晴與金氏卻是說了一路的閒話、笑話。金氏歷來風風火火，笑起來也是驚天動地，頗有將門虎女的風範。不過臨到下車前，她也偷偷拉了顧晚晴的衣角，小聲勸她莫要與劉側妃為敵，話裡話外的意思，就算看不慣對方，也等各自的名分定了，她有了資本再相對也不遲。

顧晚晴知她好心，下車時也從善如流，不過雖沒有冷語，臉色仍是不好，金氏看了只能無奈一嘆，沒有更多的辦法了。

劉側妃對顧晚晴的冷臉視而不見，卻是多了一分熱情邀她同走，那陰惻惻的笑意，顧晚晴看了就頭皮發麻，搶先隨著迎客女尼入庵堂的待客間休息。

水月庵的規模很大，顧晚晴一路急行，看到的不過是庵內一角，卻也是香火鼎盛。入了後院走過一條小路，遠離了前方大殿，周遭漸漸的靜寂下來，彷彿與前面是兩個不同的世界。偶有參加賞茶宴的女賓經過，也只是遠遠行禮並不交談，面上都帶著心照不宣的笑容。顧晚晴看著新鮮，剛想問金氏，便見金氏緊張的抿著雙唇，一副生怕說話的樣子。

顧晚晴錯愕的跟著引客女尼穿過一個雅致的月亮門，到了一排精舍之前，金氏這才長長舒了口氣：「可悶死我了。」

顧晚晴好奇詢問，金氏一指身後的月亮門，顧晚晴回頭去看，便見月亮門上寫著「寂園」二字，金氏解釋道：「此園名為寂園，自然是不能說話。前朝一位有德師太在此修閉口禪，壽百五而逝，從此入寂園者都須暫不開口，以悼念師太，順便也沾沾這長壽的福氣。」

顧晚晴點點頭，回頭又望了那寂園一眼，卻發現跟在身後的冬杏不見了，她望向青桐，青桐也是滿臉茫然的樣子。

阿影則輕輕的道：「冬杏姑娘拿著東西原是跟在最末，進園時我遠遠看見一個女尼過來把她叫走了。」

顧晚晴皺了皺眉，冬杏不常出門，是不會認得水月庵的人，難道是顧明珠？

想到這個可能，顧晚晴便暫時不去擔心，跟著引客女尼去了休息禪室。她們鎮北王府的女眷被安置在精舍後排的一個獨立院落之中，以示地位超然。女尼臨走前說有許多女客聚在大廳中聊天，賞茶宴則要到晚上才會進行。

顧晚晴謝過那女尼，與金氏閒話兩句便回到自己的休息室，一早出發走了近三個時辰才到這裡，大家都乏了。

顧晚晴倚在禪室的床榻上想著冬杏失蹤一事，正想著，冬杏抱著一包東西回來了，進屋與顧晚晴問了安，便將那包東西放到桌上，奇怪的道：「我和那女尼也不認得，她卻給了我一包東西，剛剛路上我看了下，好像是件衣裳，是不是給夫人的？」

顧晚晴聽她這麼說，心中好奇，起來坐到桌邊，冬杏和青桐已將那衣服展了開來，卻是一件男衫，上面沾帶著點點墨跡。青桐的眉頭登時皺得死緊，輕斥冬杏道：「是哪個不要臉的女尼給妳這種東西？妳還把它帶回來！」

冬杏也是大為懊惱：「剛才我只看了一角，還以為是誰給夫人送的禮，怎麼……我這就去把它扔了！」

冬杏與青桐忙著把那衣服收起來，顧晚晴卻看著衣服背上的那些墨跡符號出神，這怎麼……看著有點眼熟？那些墨跡所在的位置，似乎是一處處穴位所在。

仔細想了良久，驀地，顧晚晴臉色一變，陡然站起，看向這衣服的目光也變得極為慎重，這件衣服，她總算想起來是誰的了！

第一百四十六章

【途遇】

叫住了青桐、冬杏二人，顧晚晴上前仔細翻看那件衣服。那是一件夏衫，雨過天青暗螺紋的料子，絕非平常人家穿得起的。那一背的OOXX讓她想到五年前的某一天裡，她因急於記錄大長老教授的課程，胡畫了那個素來冷清古板的人一身墨水，他也沒生氣，後來她讓人去相府賠償了衣料，他也收了，怎麼……他竟一直留著這件衣服？

顧晚晴捏著那件衣服出神，心裡卻不太敢想那個名字，聶清遠……這個名字現在已是大逆不道的代名詞之一，任誰沾上都是死路一條。

青桐看出了一些什麼，示意冬杏到門口守著，接著又回頭瞧了眼阿影，靠到顧晚晴身邊小聲說道：「夫人，不管是什麼目的，就這麼送來一件男人衫子，太莽撞了。」

顧晚晴心神一斂，她也正想到此，聶清遠是什麼人？最為謹慎刻板的人，就算他偷潛回了京城，想要見她有的是方法，怎麼會用這麼明目張膽的手段？可若說不是他……

顧晚晴略一沉吟，叫來冬杏，「拿衣服給妳的人可說了什麼？」

冬杏神情惴惴不安，深怕自己帶回的東西會讓顧晚晴惹了什麼麻煩，聽了問話，咬著下唇想了想，「沒有……對了，她一直在那，我走出老遠後往回看，她還在那。」

難道是聶清遠怕她不信，所以才拿了這件衣服證明自己的身分，讓她務必相見嗎？除此之外，顧晚晴想不出其他這件衣服會出現的可能性。

對於聶清遠，顧晚晴是感恩的，不說他拖延婚約一事，只說當日出城，那時傅時秋也是受困之身，如何送她出城？多半是聶清遠的功勞，可他不提不念，甚至分別之時也沒有隻言片語。不過，這也正是他的性子。那這次他要見她又是為了什麼？也是與傅時秋一樣，想要潛逃出京嗎？許多念頭在顧晚晴腦中翻騰，鬆了衣服在室內踱了幾步，終究是難下決定。

去？或者不去？

顧晚晴沒有猶豫太久，下定決心的握了握雙手，回頭與冬杏道：「妳隨我去看看那人還在不在。」

冬杏應了一聲。青桐萬分擔心，看了一旁沉默的阿影一眼。

顧晚晴想了想，說道：「阿影去將這衣服丟了吧，別讓人瞧見。」不管怎麼樣，她的房間裡出現男人的衣服，讓人發現都是難以說清的事。

阿影低頭答應，快速把那衣服捲到包袱裡，閃身出了房門。

冬杏與青桐都以為顧晚晴是有意將阿影支使出去，可顧晚晴卻不急著走，反而又坐了下來，等到阿影回來，她才起身道：「走吧，阿影也去。」

阿影也是那樣的想法，以為顧晚晴剛剛是有意讓自己迴避，卻沒想到她們會等自己回來，此時聽她這麼一說，略有錯愕的看向顧晚晴，顧晚晴卻已去穿披風，準備出發了。

顧晚晴的想法很簡單，如果是聶清遠，他必定有事相求。聶清遠在鎮北王眼中是叛臣之子，在王妃與袁授眼中未必是，王妃與袁授爭取的是另一種可以抗衡鎮北王的力量，他們沒有一定要聶清遠死的理由。敵人的敵人，就是朋友。

況且聶清遠還對她有恩，所以無論如何，她都得去看看情況，這件事她並不打算瞞著王妃，如果需要，她還得與王妃進一步商討對策。至於如果並非是聶清遠而是什麼別的事，身上帶著功夫的阿影就更有存在的必要了，只是看她那纖弱的身形，顧晚晴懷疑她能不能打贏自己還是難說。

留下青桐一人，顧晚晴帶著冬杏與阿影出了房間，正巧遇到了金氏。金氏看樣子也是要出去，以為顧晚晴要去前廳湊熱鬧，先一步告罪道：「我母親與妹妹也來了，邀我去小聚片刻，稍後再去前廳找妳。」

顧晚晴也不解釋，與金氏共同出了小院，金氏自去尋娘家人，顧晚晴則轉出精舍院落，直朝寂園而去。

這次知道了原由，顧晚晴也下意識的閉口不言，走了一半又覺得好笑，突然想到也不知這園子是當真有這個典故，還是水月庵刻意編排出來吸引遊客的……她這是怎麼了？不知道從何時開始，她似乎對周遭一切都充滿了質疑，任何事她都覺得是有內幕在其中，都要多想一層，這樣真累。

傅時秋說得對，她把自己封閉得太緊了，還好，她遇到了袁授。

想起臨別前袁授的依依不捨，顧晚晴輕撫胸口淡淡一笑，離開他後又不自覺緊繃起來的神經略有緩和。放眼四周，突然覺得眼前清亮了不少，來時只見殘雪青石，現在則在雪石之間見到許多未敗的梅花，本來已是早春之時，只憑得三分寒意，那些白蕊紅梅顯得格外醒目，又因現在的時節，這傲骨寒梅便少了幾分凜冽，多了一點溫馨顏色。

就是這樣才好吧？

顧晚晴一邊前進，目光一邊追逐著那些紅梅，心情也跟著變得生動起來。不管將來如何，最起碼她現在已經擁有了葉氏一家的關愛，和袁授全然的付出了。

穿過了寂園，又走過一條卵石小路，便是水月庵的大殿，那裡喧鬧如昔。

顧晚晴在大殿一側的月亮門前站定，讓冬杏給自己指出送衣服的人，冬杏蹙著眉頭細細尋找之時，卻聽得大殿內一片喧譁，繼而無數善男信女跌跌撞撞從殿內湧出，臉上都或多或少帶著驚恐之色，更有許多人唾罵出聲：「這等髒病，也配在佛祖面前禱告！」

大殿前登時亂成一團，許多正要進殿的人被湧出殿外的人衝倒在地，你擠我壓的又夾了不少謾罵在其中，甚為熱鬧。

顧晚晴隱約只聽到了一個「病」字，便朝前走了兩步。

冬杏聽得清楚，連忙扯住顧晚晴：「夫人，說是那個……髒病呢。」

顧晚晴皺了皺眉，雖然她是大夫，但遇到一些病症她也是不大願意看的，比如這所謂的「髒病」，多是因自身的原因所得。雖說病患無分人品貴賤，但大夫也是人，是人都有喜好厭惡，並非看不起這病症，只是對這患病之人的品德有所懷疑而已。當然，也有一些人是被誤傷到的，但終究是極少的比例。

顧晚晴此次出來本意是找人，並不想節外生枝，所以略一躊躇，便站在原地未動。冬杏則一邊護著顧晚晴、一邊在人群中搜索，可大殿前亂成一團，她看得眼花撩亂，還是沒能找到交給她衣裳的那個女尼。

這時從大殿中走出兩個女尼，朝驚恐又好奇的眾人低唸了一聲佛號，其中一人回頭道：「女施主，出來吧。」

這麼一說，轉在大殿前的人群圈子霎時擴大了一倍有餘，因大殿前有白玉基座奠基，是以顧晚晴雖在低處，卻也將殿前之事看得一清二楚。

那女尼說完後不久，一個畏畏縮縮的身影緩緩挪了出來。

那是一個女子，頭面都包在圍巾之中，只露出一對眼睛看不清顏面，顧晚晴的眉頭卻緊緊收緊，目光落在那女子隆起的腹部之上，竟是個孕婦。

「打她這不要臉的，竟敢玷汙佛祖法眼！」

不知是誰先起的頭，一場聲勢浩大的批判大會就此展開，仍是沒人敢靠近她，卻有不少人向她擲物。好在水月庵打掃得乾淨，少有石子之物，投過去的多是一些香燭，傷不到人。

雖然離得遠，顧晚晴卻能感覺到那個女子的無助，她削瘦的肩頭始終在輕顫，人也佝僂著，雙手護著肚子……就是這個動作，讓顧晚晴一改初衷，抬腿步入人群中。

水月庵果然不負名庵之名，那些女尼面上仍是一派平和之象，又幫著勸阻眾人，可是普通百姓對於這樣的病症多少都是歧視的，有些又唯恐與這女子同殿待過而受傳染，故而女尼的勸阻起不了什麼作用，鄙夷謾罵聲越發高亢，前來圍觀的人也越聚越多。

那女子不知是身體虛弱還是受不了這樣的聲伐，雙腳一軟跪在玉臺之上，眾人的怒火更盛，紛紛讓她迅速站起來，以免髒了佛門之地的清白。

那女子驚恐的望著四周，護著腹部的雙手不斷收緊，其中一隻少了布帶遮掩的手上長了幾塊紅銅色的圓斑，她的一雙細眼早已哭得通紅，身體也由輕顫轉為抖動。她撐不住了，感受著掌下充滿生機的腹部，她決絕的閉了閉眼……就這樣吧，連月來的蔑視厭惡、嘲諷謾罵，撐到最後仍是這樣的結局。這是她應得的，卻苦了腹中的孩子，也連累了遠在西北的娘家……

就在那女子猛然睜眼決意死在這佛祖面前時，一隻細膩白皙的手掌出現在她的眼前，一道不清冷也不熱情的聲音道：「妳的手給我看看。」

女子怔怔的抬著頭，在眾人聲討的聲浪中，這道聲音猶如梵音天籟，她不敢相信，只能怔怔的看著那隻手，還有那手的主人。

「這位夫人莫要管她！得了這樣的髒病早該死了才是！」

「不要惹禍上身啊！」

一時間，討伐的聲音多數變成規勸，女子本有意抬起的手又縮了回去，然而她面前的女子竟蹲了下來，輕輕拉過她的手仔細查看。

這女子的手背上有幾塊圓形紅斑，手心裡卻是玫瑰色的紅丘疹，丘疹邊緣有鱗屑之物附著，再扯下她的圍巾，那女子的容貌竟出乎意料的白淨柔美，面頸也並無紅疹、紅斑。

察覺到眾人的目光，那女子連忙低下頭去，將圍巾再度圍好。

來人自然是顧晚晴，她的舉動不止讓那女子淚如泉湧，更遏止了場內的吵嚷，一時間所有人的目光都集中在她們身上，漸漸的又開始有些竊竊私語。

顧晚晴並未讓這些私語再演變成一場損人大會，她抬著那女子的手臂將她扶起來，問道：「妳知道自己得的是什麼病嗎？」

那女子的身子晃了晃，收身就往後退。顧晚晴擔心硬扯著她會跌倒，便由著她鬆了手，微微揚高了音調：「妳這玫瑰糠疹雖然不好治，但也並非無藥可醫。妳若信我，我可替妳診治。」

第一百四十七章

【陷阱】

「什麼？」聽得顧晚晴的話，那女子恍然失神一陣，忽然撲過來抓住顧晚晴，一雙細眼極力的睜著，「夫人說我是什麼病？」

顧晚晴任她抓著自己的手，不避不讓、神態平和的道：「我看是玫瑰糠疹，不知妳可看過大夫沒有？他們怎麼說？」

「他們……」女子面上湧起一股不尋常的潮紅，像是驚恐又像是氣憤，更多的卻又夾雜了欣喜和不敢置信在裡面，「真的……真的只是尋常的疹子嗎？」

顧晚晴沒有說話，回頭一掃周圍眾人，不緊不慢的道：「剛剛是誰辨出她的病症？可否上前細言？」

等了半天，並無人上前，只是議論聲漸大，又有些不服的高聲道：「妳又是什麼人？一個婦人會看什麼病？別不是和她一夥的，想讓咱們都染了這等下作的病！」

有人帶頭，當下又有許多附和之聲。

顧晚晴緩緩一笑，朝著最先開口的那人不輕不重的道：「顧氏天醫，顧還珠。」

短短七個字，剛剛還聲如亂市的殿前頃刻寂然，冬杏唯恐顧晚晴吃虧，上前又道：「既是天醫，又是鎮北王世子側妃，若還有疑慮的請出列上前，我們自會派人證明天醫的身分！」

冬杏怕有人胡攪蠻纏，這才把自家身分先報了出來，相較於外人看來神秘有加的天醫，世子側妃的名頭顯然更能震懾平常百姓。

果然，經她這麼一說，原來還心懷質疑的人都悄悄的退了退。本來他們也都是來上香祈福的尋常百姓，遇到這樣的事唾一唾、罵一罵實屬平常，可有了貴人插手又不一樣了，管它是什麼病，又和自己有什麼關係?當下保己為上，再無一人刁難。

水月庵的女尼有認得顧晚晴的，當即上前替她做了人證。這麼一來，那些圍觀的百姓更沒什麼好說的了，三三兩兩的散了開去，有些剛才說話大聲的還怕走得慢了，被顧晚晴抓了痛腳。

人群散了，顧晚晴回頭看著那個女子，「妳叫什麼名字?」

那女子當即跪倒在地，「不知是世子側妃，婦人失禮了。」

顧晚晴看她既驚且喜的神色，心裡暗嘆了一聲，轉頭與冬杏道：「找個房間先將這位夫人安置下來，回頭我去看她。」

冬杏跟著顧晚晴的時間也很久了，此時見她神情中顯露三分凝重，心裡多少有了數，當即問過一旁的女尼，請她安排客房。

那女人顯然還有話說，但見顧晚晴還有旁事，便不打攪，只低聲道謝。

那女尼很爽快的帶著那千恩萬謝的女子去了，冬杏原也想跟去，陡然腳下一滯，指著一個方向急道：「夫人，在那裡！」

顧晚晴順著方向看過去，見大殿另一側挨著圍牆處有一個女尼手持長帚正在打掃庭院，不過她掃得很不專心，見冬杏指過去，乾脆停了工作，朝顧晚晴微微欠身。

顧晚晴便帶著冬杏和阿影過去，走得近了心裡愈加驚奇，這女尼……好美貌。雖是一樣的素衣緇帽，這女尼顯然調養十分得宜，不僅身材窈窕面色紅潤，那一雙美目中也是蘊了兩汪秋水一般，兩道細眉彎如柳葉，似乎還修過了。

這是女尼嗎？要是不說，要是沒有大殿前那些垂目刻板的女尼對比，顧晚晴還真以為自己是不是走錯了角色扮演秀場，這種資質做尼姑可惜了啊……

那女尼單手見禮，也沒有廢話，「故人相邀，夫人可要一見？」

顧晚晴將她細細打量一遍，「妳是水月庵的人？」

那女尼面色一黯，「聶相……聶伯光……是家父的老師……」

話說到這已然夠了，此番受聶伯光牽連之人眾多，她能到水月庵出家已是保了條命，待到新帝登基，還不知要有多少人死於非命。

「夫人。」女尼見顧晚晴沒有要去見人的意思，急道：「請夫人莫要忘了當初放行之恩，公子實在是別無他法，才會想見夫人的……」

一個尼姑，說話卻是公子、夫人的，實在彆扭，不過這話一出，顧晚晴心裡的疑慮頓時去了大半。本來她是想來看看情況，可現在卻是非見不可了，有衣服，又有這話，定是聶清遠無疑。她也相信，以聶清遠的脾性，不到生死緊要關頭，是不會來找自己的。

「如此……妳帶路吧。」

女尼面上一喜，看了看她身後的冬杏和阿影，低聲道：「茲事體大，還請夫人一人前行。」

自己去……顧晚晴略略掃了阿影一眼，見阿影微不可察的欠了欠身，這才點頭道：「好吧，那她們就在這等我。」

女尼見顧晚晴答應了，現出一個甜美的笑容，這樣的神情出現在一個女尼身上，真是說不出的違和感。

顧晚晴再次深望了阿影一眼，轉身跟著那女尼繞過大殿，卻不經寂園，改走另一條小路。幾經回轉後，那女尼忽然站定，指著小路盡頭一座不起眼的小院說：「就是那裡，夫人去吧，我在這裡看著。」

顧晚晴左右看看，見這裡十分偏僻，倒是很適合秘會，而阿影也不知跟上來沒，顧晚晴覺得，她應該先試試阿影功夫的。

不過人已到了這裡，顧晚晴也不想再退回去，便拜別過那女尼，沿著五色石子的小路走到盡頭的落院前，發現那院門只是虛掩，便抬手推門而入。

這個院子很小，也有些落敗，看起來只是裝些雜物，院子裡並未見人，顧晚晴拾階而上，步入房門半敞的正房，房中也是空無一人，本就不大的空間被屏風遮起一半，看起來更加狹小。顧晚晴目光所及之處，見到一張瑤琴，琴體黝黑古樸，沒有絲毫花樣紋飾，顯得格外素淨，琴旁焚香，線香裊裊直柱而上。

顧晚晴見狀輕笑，聶清遠當年在京中時就以琴技負名，今日莫不是要以琴敘舊？

「有人嗎？」顧晚晴站定在屏風之外，朝內詢問。

無人應答。

顧晚晴又問了一聲，探頭而看，屏風內側置著一張簡單的木床，並不見人影。

顧晚晴皺了皺眉，約了她來，怎麼又不見面？還是出了什麼事？想到如今水月庵內貴女齊聚，自己來見他本就屬冒險之舉，哪還有時間耽擱？看了一眼桌上的琴，心中暗嘆一聲，還是見不成吧，也不知他遇到了什麼樣的難事……

心中雖有所想，但顧晚晴沒有猶豫，轉身就往外走，卻在即將出門時撞上一人。那人身材高大，竟似在門側一直等著她出來好堵住她。

顧晚晴馬上後退一步，再看來人，並不是聶清遠，而是一個身材壯碩面帶邪笑的男人，約莫三旬年紀，五官雖正，但面色焦黃，雙頰又隱約透出一層粉紅色，顧晚晴只看一眼便知他是某種藥物用多了的緣故，心中不由得暗暗戒備。

那人挺著胸膛邁進屋子，將出路擋了個嚴嚴實實，口中輕笑，「夫人要往哪去？」

「讓開。」顧晚晴知道出了岔子，不進反退，意圖將那人引進來，讓出去路。

那人卻安安穩穩的站在門口處，雙手環臂，似是看出了顧晚晴的意圖，不緊不慢的笑道：「夫人別急，我小盧收足了銀子，總會讓夫人高興的。夫人是想玩得粗魯一點還是別致一點？」說罷又笑，「小盧服侍過這麼多貴人，像夫人這樣好興致要在庵堂中的，倒是頭一個……」

顧晚晴退到了放琴的桌旁，看著那張素樸古琴，扶著桌邊的手忍不住輕顫了一下。

這是個圈套。

有人借聶清遠之名想要陷害她！

是誰？劉側妃？還是……顧明珠？

顧晚晴無從判斷，只有一點是明白的，應該用不了多久，許多人就會趕到這裡來了。

如何脫身？

顧晚晴看著那叫小盧的人，面色凝重，「是誰讓你來的？」

小盧一副了然之意曖昧一笑，「沒人要我來，是我遊園之時誤闖了夫人雅居……」

「不論讓你來的人許給你什麼好處，我雙倍奉上，你放我出去。」

小盧哈哈一笑，「夫人真講情趣啊，好好好，我知道如何做，不論妳說什麼我都不應，夫人可開心？」

他這般做派，讓人分不清他到底是與人串謀還是也被蒙在鼓裡。顧晚晴氣得頭暈，沒有時間與他糾纏，只想儘快離開這裡，可阿影一直沒有出現，難道阿影誤會了她離開前的暗示，並沒有跟上來？

顧晚晴強定心神，突然又覺得胸口發悶，腦子也有些暈，連忙屏氣。那小盧見狀大笑，「夫人不是最愛這調調？待會還有更好的香呢。」

話音剛落，顧晚晴已雙腳一軟跪坐在地，看著身邊桌上燃得正好的線香，不禁咬了咬牙。是誰害她，待會自然會見分曉，可現在……

顧晚晴忽然朝那小盧笑了笑，本就是極盛的容顏，此情此景一笑之下更添曖昧之色，小盧當即也笑了，回手掩上房門。

「我身上無力，你扶我起來。」顧晚晴嬌嬌軟軟的抬起手來。

小盧腰板挺直，顯然是早有準備，不為迷香所迷。可香不迷人人自迷，雖然他是以此為生，但向來服侍的都是一些深閨老婦，哪有機會接觸顧晚晴這樣的人？馬上便走過來，握住顧晚晴恍若無骨的手。

他事先得了吩咐，要和這美人慢慢玩、好好玩，故而也不著急，只握了美人的指尖，便覺觸手滑膩好比白玉，心中更是心癢難耐。顧晚晴此時又是柔柔一笑，反手將他緊緊握住。

美人暗示至此，小盧哪裡還忍得住，扯了自己的衣裳就撲了過去！

第一百四十八章

【捉姦】

劉側妃一直等著消息。

這次的賞茶宴雖未開始，但她已受到了京中名婦貴女們的一致追捧，雖然以前她在貴胄圈子裡也是長袖善舞交了不少的朋友，卻沒有一次像今天一樣，那些人除了友善、討好、尊重之外，又隱添了三分敬畏。

在她面前，那些上流貴婦淑女名媛們都變得謹慎而小心，從前對她側妃身分頗不以為然的幾個王妃、世子妃，都一反常態的陪在跟前說話，絲毫沒有不耐之意，這空前滿足了她的虛榮心，對待她們也愈加客氣。

她明白，想要籠絡人，就不能讓人覺得妳高人一等，定要放平姿態，這才有融入感。而適才幾位公侯夫人向她介紹了一些族內未出嫁的姑娘，有些竟還是嫡親直系，這裡面的用意不言而喻，她想，或許袁攝和她的身價比他們自己想得更高。

以前她就算有扳倒袁授的心思，但總是沒有十足信心，對太子之位的歸屬決心也只是五五之數，可今天這些貴婦們的行為舉動讓她信心倍增。她想，旁人的眼睛也許更亮，知道何為大樹、何為枯枝，雖然現在袁攝在京，袁授被委以重任，但明白的人心裡都了解袁授宣城之行的風險性，派世子去執行將來必有爭議的任務，這還不是王爺對袁攝另眼相看的表現嗎？

這麼一想，劉側妃近來緊繃的心情終於好了許多，被顧晚晴頂撞後的怒意也在不知不覺間消散掉了。

哼！強弩之末，不過是一個仗著世子、王妃便目中無人的蠢婦罷了，待過了今天，看這仗勢欺人的潑婦還有何顏面存於世上，若真如袁攝所說，這潑婦對袁授意義不同，那麼今日一舉，對袁授也是一次極佳的打擊機會！

思及至此，劉側妃的心情舒暢得難以言喻，對著面前極力推銷自己庶出姪女的武安侯夫人，臉上的笑容都親切了幾分。

「什麼時辰了？」

雖然心情上佳，但劉側妃對時間的關注更甚從前，自得到顧晚晴出門的消息也有段時間了，她要什麼時候帶這些女眷們去看場好戲，也是要事先規劃好的。

季氏正在一旁喝茶，聞言雙手微不可察的輕顫了一下。她自然也在算計著時間，按照計畫，她們要在顧晚晴好事已成之時闖入，這樣才能讓顧晚晴無可辯解，才能給袁授一黨重重的一擊。

「母妃，午後暖陽正好，寂園中紅梅未落，不如我們前去觀賞一番？」

劉側妃聞言一笑，輕輕舒展了一下久坐的身體，「妳這提議不錯，不過我與眾位夫人聊得正好，現在退席未免掃興，還是不去了。」

一旁的武安侯夫人聞言忙道：「久坐於身體無益，我也正想去園中一遊，王妃若不嫌棄，可否同行？」

她這麼一說，在場的幾位夫人紛紛開口表示願意同去，這正對劉側妃的心思，可她面上卻露出遲疑之色，「寂園紅梅雖好，但為表虔誠之心不宜暢談，不知這裡還有什麼適合觀賞之處，我們一同前往便罷了。」

當即有一位夫人道：「水月庵以梅、竹聞名，不能賞梅，便去觀竹如何？」

劉側妃有心詢問了幾位王侯夫人的意思，自然得到附和，劉側妃便從善如流，又命人請來庵中女尼充當嚮導。

她們要出行，一些沒在跟前的貴女們聽說了也都坐不住，於是幾乎所有來參加賞茶宴的名媛淑女全部出動，光主子便有二十幾位，加上一些下人婢女，浩浩蕩蕩的一大群人一同前去觀竹。

劉側妃沒料到自己的影響力會這麼大，當下更為欣喜，只是暗中特別囑咐了季氏，要她待會小心行事，莫要留下任何把柄。

這一大群人跟著引導的女尼轉過水月庵的右翼跨院，經由大殿進了左翼的角門，水月庵竹左梅右，左側的聽竹園與寂園布置相若，但庭中不見一株梅花，只有一些綠竹點綴其中，可終究是少了些，在這冬意未褪的早春時節，又憑添幾分蕭瑟。

「園中本多植紫竹與羅漢竹，俱是由南方移植而來，因竹生性喜濕，需要大量水溉，所以現下不是最好的時候，以往聽竹園都要到夏至時分才會正式開放。」

聽著女尼的介紹，許多人都了然點頭，一些喜好逢迎的對劉側妃道：「這麼說來今日倒是沾了王妃的光，雖然園中少竹，但勝在清淨，也是一景。」

劉側妃聽著順耳，不免多看了說話人兩眼，卻又是那武安侯夫人，又沿她身後看去，站著一位嬌弱靦腆的姑娘，便笑了笑，朝武安侯夫人略一點頭，繼續行了開去。

不多時，眾人途經一條石子小路，小路蜒蜒轉至假石之後，鋪就小路的五色石子排列出多種竹子形態，看起來十分別致。

「這是何處？」季氏好奇的問道。

引路女尼笑道：「這條小路通往苦竹大師的故居，苦竹大師於年前坐化，庵中正準備陳列當年她的一些理竹工具，以表懷念。」

「苦竹大師是水月庵最高輩分的長者了吧？據說聽竹園的竹林便是由苦竹大師一手打理，竟不知大師已逝，萬物皆有靈性，想來今年竹林凋零，也是對大師的一種牽掛不捨……」劉側妃的聲音幽幽而起，飽含了無數的唏噓之意，末了輕嘆一聲，與那女尼道：「我等可否有幸前去大師故居緬懷？如有可能，我願供奉大師的一件工具，以表思懷。」

眾人是不知道劉側妃和這位苦竹大師有什麼過往，不過苦竹大師的名氣也的確不小，京中許多風雅人家的竹林、竹園都不免請苦竹大師相看，只盼得她一句誇讚，在士族間便是極為榮耀之事。現在有劉側妃領頭，又有幾位說得上話的公侯夫人表達了相同的意思，那女尼謝過眾人後，便帶領眾人轉上那石子小路。

小路通幽，轉過幾處假山，便見小路盡頭那座孤單小院，不過那女尼之前已說過此處鮮有人至，可此時小路之上竟也站著一個女尼，素衣緇帽，面上還隱有憂色。

見了這麼一大群人突然轉出來，小路上的女尼猛然色變，幾步迎上來。「淨心師姐……」

淨心訝道：「淨雲師妹？妳不在殿前侍佛，為何會來這裡？」

淨雲面無血色的慌亂不已。

季氏適時道：「我們晚些時候還有賞茶宴要參加，可否先帶我們前往苦竹大師故居？」

淨心雙手合十道了聲歉，便不理會淨雲，引著眾人繼續前行。淨雲緊咬著下唇，美麗的臉上沒有半點血色，快步跟至小院門前，不理眾人錯愕大聲道：「師姐慢著！苦竹師祖的住處尚未整理完畢，現在不宜入內。」

淨心面色舒緩的道：「無妨，都是師祖的舊友，此番前來只為緬懷。」說著已越過淨雲，推開了小院院門。

院門一開，一股淡淡的香味便飄了出來，淨心嗅了嗅，眉頭微皺，想到淨雲之前的焦急神態，入院的腳步便多了幾分遲疑。她這一緩，在她身後的劉側妃朝身邊丫鬟暖香看了一眼，暖香便一個趔趄低頭撞上淨雲，手忙腳亂的擁著她進了院中，口中連連道歉，又向劉側妃請罪。

劉側妃假意怪責了兩句，盯著緊閉門扉的堂屋微微瞇了瞇眼，想到即將要發生的事情，她豐厚的紅脣扯出一個愉悅的弧度。

「這便是大師故居？」劉側妃看向淨心，「我們可以進去看看吧？」

淨心低頭做了個請的手勢。

劉側妃站定了身子，淡淡道：「暖香，開門吧。」

暖香早得了劉側妃吩咐，進屋無論見到什麼，一定要立時衝出來大喊，務必要讓所有人都聽到，她久在劉側妃身邊，齷齪事也見過不少，今天這架式擺明了是有好戲要開鑼，當下俐落的衝進屋去。才進了屋子，便覺一股嗆人的甜香直灌口鼻，她不加防備狠吸了一大口，腦子登時便有些迷糊，再見屋內情景，卻是血液上湧寒毛倒豎，情不自禁的退了一步，抓著一扇房門猛然尖叫！

聽到這叫聲，所有人都怔住了，劉側妃的眼角淺淺的抽搐一下，這丫頭也太過了些，聲音刺耳得嚇人。

劉側妃故作沉穩的道：「暖香，何事如此失禮！」

她等著暖香出來陳述「事實」，可等了半晌，暖香仍是尖叫，劉側妃惱怒不已，一眼掃向季氏，凌厲的目光使得季氏驚恐得連丫鬟都忘了使喚，自己跑上石階去到門前，才探頭看了一眼，竟也是尖叫一聲倒退著出來，又一腳踩空了石階，身子一歪跌了下來。

「到底何事！」

先後兩人如此，眾人面面相覷皆不敢上前。劉側妃咬牙切齒，恨不能在渾身發抖說不出話的季氏身上踹上幾腳解氣。

季氏哆嗦著好不容易順過了氣，卻仍能聽到牙齒相碰的「咯咯」聲，「死、死了……」

死了？劉側妃先是臉色一變，繼而心中一喜，難道顧晚晴醒來發現木已成舟，自盡當場了？

這倒便宜了她！

劉側妃喜不勝收的幾步跨上石階，淨心也緊緊跟上。二人到門前佇足一瞧，淨心驚呼一聲繼而低頭連唸佛號，劉側妃的目光在掃過屋內地上那脖頸扭轉口吐鮮血的赤身男子後，又急著四處巡視，可直到嚇得失了魂的暖香移開了屋內屏風，看清後面並沒有人的時候，劉側妃才驚怒交加的倒退幾步……

顧晚晴呢？被她跑了嗎？

第一百四十九章

【暗示】

劉側妃又驚又怒之際，已有旁人發現了屋內異樣，不知是誰第一個尖叫著跑出小院。不過片刻，便有一個好奇的聲音在院外響起。

「眾位夫人是怎麼了？」

聽到這個聲音，劉側妃猛然回頭，便見一個窈窕身影自院門處慢慢踱入，來人腰肢挺直面帶淺笑。劉側妃一雙明亮的眼睛緊緊鎖在來人的身上，那人不是顧晚晴又是誰？

「側母妃為何如此看我？」顧晚晴行至劉側妃身邊，向屋內掃了一眼，只這一眼，原本含著淺笑的神情登時一白，人也猛的退了一步，同時低呼出聲，狀似極為驚恐。

這害怕的神情倒不似作偽……劉側妃心生疑惑，再看她衣著整齊不見絲毫凌亂……難道並不是她殺人滅口？那會是誰？

想到或許有旁人知曉了整個計畫，劉側妃心底一慌，可轉眼間便已將慌亂壓下，並將手交到身旁垂頭而立的季氏手上，「佛門淨地竟會出此命案，如月，速派人去通知二公子。」

季氏小聲應是，托著劉側妃手掌的雙手不住的輕顫，對顧晚晴，連看都不敢看。

此時顧晚晴心中也難掩平靜，屋內躺著的赫然就是小盧，可……他怎麼死了？

那時顧晚晴身受迷香不得動彈，小盧扯下外袍壓到她的身上，許是為了方便行事，小盧的袍子下寸縷未著，顧晚晴強忍著噁心緊握住他的手，掌心驟然極熱，只一瞬間，昏沉的腦子陡然清明！反觀那小盧，已是神色一萎，跌坐下去。

顧晚晴那時才算真正體會到了自己異能的好處，關鍵時刻是能保命的，任那小盧事先做了怎樣的準備，還是抵不過迷藥直接侵入血脈的威力，顧晚晴放倒他後並不急著起來，而是又吸足了迷香，直接傳給他，直抵了他的解藥藥效，過一會再看他，人已渾渾噩噩不知身在何方了。

顧晚晴馬上起身退至屋外，猛吸了一口新鮮空氣，沒時間讓她多想，她迅速走到院門前，順著門縫向外窺視，見送她來的女尼仍在遠處，她便又立刻巡視院中，想看看是否還有別的出路。

這時久違的阿影終於出現，從一側牆頭跳了進來。顧晚晴喜極，任阿影托著她攀上牆頭。她二人剛剛跳出小院，便聽小路那頭隱約傳來說話的聲音，阿影囑咐顧晚晴躲在院後，她一個縱身又消失了，直到顧晚晴聽到那群人奔著小院而來，進門、尖叫、嚷亂後，阿影才再次回來，示意她可以出去了。

難道是阿影？

不必再看，只要想到剛剛的一瞥，顧晚晴便覺得胃裡隱隱翻騰，她連忙避下臺階，心中雖驚，可卻沒忘是誰將她逼到如此境地，如果她不是身負異能，阿影縱然能夠趕來，卻也是晚了，而做下這一切的人，除了劉側妃還會有誰！

雖院內出了人命，淨心不得不將所有人都請離小院，卻也不敢任人離開，一群人只得聚在小院之前，等待官府派人前來。

在場的大多是皇室親貴和官員家眷，都是見過世面的，歷經了初時的慌張後，早已經穩定下來，三三兩兩聚在一起討論院裡的人命案子。顧晚晴自然與劉側妃等人聚在一處，聽別人說話，她則不時輕嗅，與她曾有過數面之緣的樂果郡主好奇的問：「顧側妃在聞什麼？」

顧晚晴面現憂色，「剛剛在院中我已聞到了，屋內燃的香裡添加了迷香，我們不宜多嗅，還是離院子遠些⋯⋯」

眾人聞言連忙又走開些。

樂果郡主拍著胸口，呼了一口氣：「我說我怎麼暈暈的，還好妳發現得早，不然一會我們都得暈在這了。」

樂果郡主今年只有十四歲，滿臉的嬌憨之色，是真陽長公主從夫族內過繼去的孫女，此次是跟著安國公夫人來玩的，亦是劉側妃的重點考察對象。不過劉側妃自己也明白，如果是正室之位，倒還有些可能，一個妾室，縱然真陽長公主失勢，也是斷斷不會答應。

顧晚晴對樂果郡主的印象不錯，聞言笑笑，「不過似乎還有一種別的香……像是……」她難言的看了眼樂果郡主，微微靠向劉側妃，「像是極樂香。」

她雖然是向劉側妃說話，可聲音並未壓低，在場已經成家的婦人們莫不低呼出聲。

極樂香是一味有名的助興香，眾人就算不曾用過，也都聽過它的大名，幾個未出閣的姑娘識言辨意，也都微紅了臉頰轉過身去，只有樂果郡主看看這個又看看那個，臉上一副茫然之色。

顧晚晴便拉了她一把，將她往院子更遠的地方扯去，眾人也都隨著移動，可卻再沒人談論院子裡的命案了。既有極樂香，那麼這人命到底是如何丟的就難說了，如果只有一人，要極樂香幹什麼？要是兩人，另外一人又在何處？是男？是女？還是……

眾人都有默契的將猜測藏在心中。

顧晚晴見冷了場，便笑道：「諸位夫人不用擔心，極樂香的藥效不俗，連香味都與眾不同，只要曾經觸碰過，那香味便會繞於身上整日不散，不過大家只是在門前經過，空氣流通之下應該是不會沾染，對身體也無礙。再不放心，大家可以聞聞自己身上有沒有染上香味，如果有，馬上去清洗換衣也就無妨了。」

在場眾人都是知道顧晚晴身分的，還有不少人是顧晚晴昔日的病人，對她說的話自然十分相信，有的已抬起袖子置於鼻下輕嗅，而後緩下神色，紛紛與顧晚晴攀談起來。

看顧晚晴應對有度如魚得水的樣子，劉側妃氣得牙根發緊，不能以此除掉顧晚晴也就罷了，現在竟又出了人命，只盼著一會袁攝能好好善後，不然……

正想著，樂果郡主突然伸出手來給顧晚晴，問道：「顧姐姐，妳聞聞我的手上，是不是還有一股香味？」

顧晚晴探身過去聞了聞，眉頭輕輕皺了皺，「似乎有一點……按理說妳沒有碰過，不會有這麼重的香啊……啊！」顧晚晴目光輕閃，低呼道：「妳剛剛碰了誰？」

她這一問，在場的人都緊張起來，剛知道屋裡點了極樂香，而這香又是如此獨特，如果在院裡的人身上卻有這種香，那是不是可以說明……此事似乎越來越難以善了了，這些貴人們的臉上神情也愈加深不可測起來，剛剛還是抱團說話，此刻卻是各自為政，不管看向誰，目光中都多了些難以言喻的東西。

「剛剛那麼亂，我也不知道碰了誰。」樂果郡主皺著小臉，急著去找淨心要水洗手。餘下眾人看向彼此的目光都很有問題，一個個似笑非笑的彷彿都掌握了什麼驚天秘密一般。

劉側妃越發的心虛了，不耐輕斥：「這件事自有官府出面，妳不要亂說，以免擾亂視聽。再者這話傳出去對妳有什麼好？剛剛妳可是拉著郡主過來的。」

顧晚晴聞言睜了睜眼，抬手聞了聞自己的掌心，又讓身邊的一位夫人聞了聞。

那夫人笑道：「香味沒聞到，倒是有一股藥味，顧側妃果然不負天醫之名。」

顧晚晴輕笑，「夫人取笑了。」而後又走近劉側妃淺淺的欠了欠身，因為距離太近，險些貼到她的身上，「側母妃教訓的是，兒媳知道了。」

說著話，她直起身子，雖然只有一瞬，可明眼人都看得到她那一剎間的身體輕滯，面上的神情更是錯愕至極，定定的看了劉側妃兩眼，這才垂下頭去。

她的表現並不顯眼，連劉側妃都沒有察覺，可在她們對面的幾位夫人卻是盡收眼中，再看顧晚晴時，她已垂下頭雙手輕輕交疊至小腹之前，看起來一切如常，可手裡捏著的帕子卻是在指尖微微絞起，還時不時的輕顫一下。

「諸位……夫人……」顧晚晴隱隱的結巴一下：「我……我有些不適，就不陪著夫人們說話了。」說完，逃也似的迅速走開，直走到老遠後，才和她身邊那個蠟黃臉的侍女一同站定了，又偷偷回頭連瞄數眼。

「真是失禮！」劉側妃厭惡的轉過身子，與眾人道：「這位顧側妃的出身大家都知道，便請大家擔待了。」

眾人對此一笑置之，沒一會便有人藉口離開，不過三、四個人，可離開前她們無不走近與劉側妃道別，又都不著痕跡的輕嗅幾下，而後面上皆浮出一種訝異又惶恐的神色。她們離開後視線偶有碰觸，卻都掩飾一笑並不攀談，只在心裡想著：果然帶香……

樂果郡主手上的香需要貼近鼻端細細聞嗅，可劉側妃身上的香……卻濃郁到只貼近少許便有所察，這說明了什麼？

離開的三、四人都自以為接觸到了真相，而其他不明就理之人仍是圍繞在劉側妃身邊，繼續與

夏澤川
MO子
少女騎士の薔薇殿下
8・7
妳、就是我的專屬騎士
為了尋找哥哥，夏憐歌進入薔薇帝國學院，
沒想到一個失足，她竟成了「儲君」彼方・蘭薩特的「專屬騎士」！
蘭薩特閣下專屬的騎士＝任憑差遣（到死為止）
雜草兄控少女
Plues
自戀無上儲君
——校園花樣青春即將閃耀「kira～☆」一聲展開！？
典藏閣
華文聯合出版平台
www.book4u.com.tw
采舍國際
www.silkbook.com
不思議工作室
立即搜尋
版權所有© Copyright 2013

她說著閒話。

顧晚晴遠遠的看著這一切，看著那幾位夫人面色古怪的離開，脣邊不由得泛出一絲冷笑：妳以為這就完了嗎?這才剛剛開始呢！

「阿影……」她神色凝重的瞥向神態如常的阿影，想問她小盧的死因，可話到嘴邊又沒問。這麼短的時間，能下手的人除了阿影不作他想，而她這麼做，對自己而言則是最佳的保全方式。不過阿影一個女子，平時低調得讓人幾乎察覺不到她的存在，卻能在緊要關頭做下如此決絕之事，看來以往實在是小瞧了她。

忍下心中感嘆，顧晚晴將自己隨身的藥物香囊自袖中取出重新掛於腰上，香囊因為大力的揉捏微微有些變形，她小心的撫平後，將手收在自己腰際前，緊緊的交握在一起，開口卻是沒有絲毫遲疑：「之前留下的那個得病的婦人呢？一會散了之後，我第一時間要見她。」

第一百五十章

【病情】

袁攝帶著人很快過來，他本是準備好要捉姦的，又想藉此給袁授重重一擊，便早早約了幾個世家子弟齊聚水月庵，他還特地選了幾個平日裡最言語不拘的，以圖將此事用最快的速度散播出去。這時得了消息，他馬上帶人趕了過來，可到場一看，事情與事先預想的相差不少。

顧晚晴不僅全身而退，似乎還頗得眾位貴婦喜愛，時不時的便有人過去與她攀談，有幾位還是手掌實權的官員家眷，這可實在是大大的不妙。

不過袁攝可沒劉側妃那麼惱怒，嚴肅認真的安撫了眾人，即刻命手下保護現場，命人立即去通知京兆尹，又安排眾人回精舍養神壓驚，件件做得有條不紊，加上他相貌儒雅清雋，很快便贏得了在場眾人的好感，紛紛誇讚劉側妃。

劉側妃也是大感欣慰，之前的不悅消除不少，囑咐了袁攝幾句，便帶領眾人返回休息的院落。

有了這個插曲，今天的賞茶宴是無論如何也辦不好了，考慮到諸位夫人的心情，水月庵將賞茶宴的時間延後，眾人也沒有意見，只不過今天在場的人都算是目擊者，她們仍要在此處留到京兆尹派人問詢完畢才可離開。

這個下午，人人都過得不太平靜，顧晚晴卻沒那麼多時間可以感慨，回到住處，阿影已事先將之前遇到的那個孕婦請了回來。

那婦人自我介紹夫家姓曹，旁的卻不肯多說了，除了道謝，便只一味追問自己的病情。顧晚晴坐定了身子淡淡的看著她，「我是天醫，我說妳是玫瑰糠疹，妳就是玫瑰糠疹，妳不相信我，也得為妳的孩子考慮。」

曹夫人一呆，像是一時想不明白顧晚晴的話。

顧晚晴又問：「妳之前看過哪個大夫？他診的是什麼？」

曹夫人面現愧色，「之前看過保和堂的李大夫，他說……他說是……」

「是黴瘡？」

「是。」曹夫人的眼淚又流了下來。

「多久之前的事？最近可又去瞧過？」

曹氏緊掩著手上布料藉以蓋住瘡處。「婦人無知，但仍存羞恥之心，未曾再找過別的大夫醫治，可是……可是李大夫誤診了嗎？」

顧晚晴不置可否，只命青桐取來金針。「李大夫醫術精湛，保和堂也是百年字號，自然不會輕易誤診，不過大夫一行，縱然經驗再深，偶爾辨錯症狀也是難免。妳這病我能治，不過事後妳莫要去尋李大夫麻煩。」

黴瘡不同於一般病症，斷錯了是會要人命的，如果李大夫真的誤診，自然理虧在先，砸了他的招牌都不過分，怎麼會不許去找？況且曹夫人回憶過去，她的確曾與黴瘡患者有過接觸，只是事前不知，事後她的身上開始潰爛，這才憶起，所以自己深信不疑，又怎會……

曹夫人心有疑慮，卻也不問，這幾月來她心力交瘁已無餘力再想其他，不管什麼病，她只盼著顧晚晴能治好自己，不要連累了孩子。

顧晚晴將金針消毒，又將人盡數遣出，這才讓曹夫人除去衣物。

曹夫人咬咬牙，將衣服一件件除去。

顧晚晴之前雖見過她的容貌，可未細看，此時才看清這位夫人竟如此年輕，約莫和自己年紀相當，又言語有度，不似小家出身，只是不知因何染上這種惡疾。

曹夫人所得的自然是黴瘡，也就是現代所說的梅毒，現在蔓延到手上，已是二期症狀，如不儘快醫治，將來孩子出生是必然會染上，顧晚晴也是見她大腹便便，這才起了憐憫之意，無論原因如何，孩子總是無辜。

當時顧晚晴是為了堵住眾人之口，這才說她是玫瑰糠疹，這兩種病症症狀相似，十分容易混淆，在場的又都是些不識醫術的尋常百姓，亮出天醫的名頭，自然沒人加以反駁。本來顧晚晴是打算回來後就與她說了實情，黴瘡難治，但在顧晚晴眼裡又算不得什麼，明明只是順手為之，沒想到……竟有了用處！

想到今日之事，顧晚晴仍是手腳冰涼、寒顫連連，可所有的驚恐都被她死死壓下，敵人尚在，她怎能先一步倒下？只是沒想到，她對袁攝尚未採取行動，劉側妃便率先而動了，而且還動得如此狠毒！

她還是太弱了啊！雖有計畫對付劉側妃母子，不過也是徐徐圖之罷了，卻少了劉側妃這樣的狠準，說起來終究是她的心不夠狠。雖想計，卻未言死，今日一事給了她教訓，也更讓她警醒，這裡不是顧家了，對付顧明珠那樣的手段早已過時，她身在狼穴，怎可懷有一絲大意之心？若再如今天這般大意，將來死的不僅是她，還會牽連袁授，牽連葉氏一家！

這樣的事，她顧晚晴絕不容許！

劉側妃不是喜歡栽贓嫁禍嗎？顧晚晴目光惻惻，自曹夫人身上收針。「妳這病看起來嚇人，實則沒那麼嚴重，我給妳開幾個方子，妳服用幾日也就好了。這幾天妳就以青桐嫂子的身分跟在我身邊，我保妳痊癒。」

顧晚晴自信的態度引得曹夫人欣喜若狂，剛剛經過施針，她覺得身子輕快了不少，也不知是不是錯覺，手上的瘡處看起來也小了許多。她心性聰敏，早看出顧晚晴對她的病言之不詳，可那又怎樣？若不是顧晚晴，她已碰死在大殿之前了，一個已死之人，又有什麼可怕的！

看著她喜極而泣的模樣，顧晚晴也淺淺一笑，這個禮物，劉側妃定然喜歡。

叫來青桐仔細囑咐，又讓她和曹夫人對了對說辭，顧晚晴這才讓曹夫人去隔壁房間休息。自己則片刻不停的趕往劉側妃住處。

顧晚晴還未到房門之前，便聽裡面一聲怒喝，接著便有瓷片碎裂之聲傳來，扶著顧晚晴的冬杏腳下一滯，小聲問道：「夫人，還要去嗎？」她這轉頭一看，不禁嚇了一跳，顧晚晴的臉色雪白，竟無絲毫血色。

「夫人可是身子不適？」

顧晚晴輕輕一笑，繼續跨邁上石階。「沒事，只是有些心急了……」為了準備給劉側妃的這份大禮，她可是下了本錢了。

顧晚晴不管門口的僕婦阻攔，直接讓阿影掀開棉簾，走了進去。

室內溫暖如春，可地上卻四下散落著碎瓷和一些殘茶，顧晚晴見了淡淡一笑，「側母妃何故生這麼大的氣？」

見是她，劉側妃怒不可遏，順手操起一旁小几上的手爐擲了過來，顧晚晴不防，阿影卻是動作極快的擋了上去，手爐正中阿影額頭，阿影一聲痛呼，額上便見了血。

顧晚晴連忙讓冬杏替阿影止血。

劉側妃則仍不掩怒色，看也不看阿影，對著顧晚晴斥罵道：「妳與旁人胡說了什麼？妳自己做下的髒事，竟敢牽連我進去！」

顧晚晴面色惶然，「側母妃說什麼？」

劉側妃的面目因憤怒隱隱有些扭曲，「說什麼？就是妳先提起什麼極樂香，又一定是妳在背後胡說，外面才會傳我身上有香，妳這不知恥的賤人！」

顧晚晴大驚，立時跪下，膝行兩步上前扶住劉側妃的腿。

「側母妃息怒，兒媳怎會做這樣的事！今天一事兒媳受驚不小，自顧不暇又怎會去說這樣的話？況且我為什麼要這麼說？就算平日與側母妃相處的不算開心，可那都是關起門來家裡的事，現在在外面，誣衊側母妃丟了王府的臉於兒媳又有什麼好處？這其中定有誤會！不信您問阿影，她一直和我在一起，我說了什麼她也全都知情！」

瞥了一眼頭上血流不止的阿影，劉側妃厭惡的皺了皺眉，又有心甩開顧晚晴，但她自己是坐著行動不便，加上顧晚晴死不鬆手，竟是被她纏住了。

顧晚晴的話卻還沒有說完，她嗅了嗅劉側妃的衣料，急著道：「側母妃用慣了香料，身上自然有香，不止是您，京中哪位夫人身上無香？她們所說的香是不是指的薰衣香料？此事兒媳當真不知，請側母妃一定要明查，不然叫王爺知道……我、我……」她終於鬆了手，那惶然無助的模樣，竟是快急哭了。

妳也知道怕了嗎?看著顧晚晴神色慌張懼怕的樣子，劉側妃心中惱怒之餘又升起一絲快意。任妳再橫，今日還不是得跪在我的腳下苦苦哀求?只可惜，任妳形容再慘、再知道後悔，已然開始的事是不會停下的，人雖然死了，卻還有人證，今天我務必讓顧晚晴出不了水月庵!

「行了，妳起來吧。」劉側妃告誡自己不能衝動壞事，強忍下心頭之氣。「或許真的是誤會，料想那些人也不敢胡說，只是妳得管好妳這張嘴，不要什麼事都拿來賣弄!」

顧晚晴立時躬身稱「是」，起身站到一旁。「兒媳這次前來是想向側母妃道歉的，之前兒媳對側母妃態度不佳，還望側母妃原諒。」

劉側妃一心惦記著人證的事，盼著袁攝那邊早下定論，無心與顧晚晴閒談，只當她是受了驚嚇，便安慰了幾句，隨後顧晚晴說去料理阿影的傷勢，劉側妃也未加在意，任她走了。

顧晚晴神清氣爽的出了劉側妃的房間，又看了看阿影的傷勢，傷口倒不是很大卻很深，心中不由得歉然，由衷的道：「多虧妳了，不然以我的速度是避不過去的，回頭我替妳調一味好藥，不會讓妳留疤的。」

第一百五十一章

【轉移】

聽了顧晚晴的話，阿影削瘦的身子極輕的抖了一下，頭上的疼痛已轉為麻木，另一種驚恐卻從心底慢慢滲出。她動了動唇，想說點什麼，可話到嘴邊，卻只變成一句低低的「多謝夫人」。

顧晚晴回到房中時，金氏已等在那裡，見了顧晚晴連忙迎上來，滿臉的急色：「究竟是怎麼回事？怎麼才一會就出了人命？」

金氏先前一直與家人相聚並未參與到事情當中，也是聽了丫鬟的話這才急急趕來。

顧晚晴安慰的拍拍她的手，以旁觀者的角度將事情經過大概講了一遍，又道：「青桐的遠房表嫂生了頑疾，聽說我今天會在這裡特地趕來，我之前出去便是去見她了，也是聽說側母妃帶人去了聽竹園，以為妳也會去，這才趕了過去，沒想到會遇到這事。」

金氏撫了撫胸口，雙手合十唸了句佛號，不過總是事不關己，沒一會就將這事扔在腦後，讓顧晚晴為她把脈。

顧晚晴從善如流也不再提起這事，剛將指尖按上金氏的腕間，冬杏便急急的進屋：「夫人，官府的人來了，讓我們都去前廳齊聚呢。」

顧晚晴便與金氏笑道：「回家再看吧。」說罷與金氏一同前往大廳。

大廳之中之聚了許多人，顧晚晴和金氏不是最晚到的，但她們一進來，便吸引了許多目光。

金氏輕拉了一下顧晚晴，讓她看立於廳中一位身穿官袍的中年男人，「這是京兆尹劉大人，沒想到一樁命案，竟驚動了京兆尹大人親自出馬。」

顧晚晴淺淺一笑，與金氏上前對劉大人輕施一禮。劉大人已是滿頭大汗，連忙回禮，別看一屋子女人，可有半數以上是他的直屬上司或王公皇室的家眷，更有鎮北王的側妃、兒媳在場，怎能不小心應對？再想到剛剛從那叫淨雲的女尼口中問出的話，劉大人的頭更疼了。

顧晚晴早在進來的時候就見到了門口被兩個衙役拘禁一旁的淨雲，知道一會定然有不利於自己的證詞出現，不由得眉頭稍皺。

那女尼引她前去之事並沒有什麼證據，只憑一面之詞不足取信，但總是麻煩……

顧晚晴的目光在接觸到廳內一位面容微豐、畫著挑高長眉的夫人時微微一閃，心中已然有了計較。偷偷退出後又回來，面對金氏詢問的目光，顧晚晴只是略略一笑，金氏以為她去方便，便不再多問。

而後又有幾位夫人、小姐到場後，劉側妃與季氏才姍姍來遲，袁攝隨同陪在一邊。

劉大人一見袁攝，立時低頭迎了過去：「二公子，已經審出結果了。」

袁攝面色一肅，射向淨雲的目光帶了幾分淩厲，可看起來他還是那樣的謙躬溫和，風度翩翩。

「既然已審出結果，劉大人為何還逗留於此，不去捉拿疑犯？」

劉大人面現難色，「二公子，這……這個……」

顧晚晴看著劉側妃那微微揚起的脣角，不由得也笑了，她快步上前迎了過去，擠開季氏扶著劉側妃的手臂笑道：「側母妃的精神可好些了？若還是不好，晚些讓兒媳給您把把脈吧。」

劉側妃看起來心情極好，似笑非笑的睨了一眼顧晚晴，手臂也沒有甩開，語調溫柔的說：「好啊，有妳這麼端莊大方又孝順能幹的媳婦，真是我們鎮北王府的福氣。」

顧晚晴乖巧一笑，目光卻定在劉側妃的手腕上，讚嘆道：「您手上這對翠潭映雪的鐲子當真漂亮，依我看，整個京城也沒有比它更美的鐲子了。」說著，她將劉側妃帶往一位夫人身側。

劉側妃的身分在眾人心中早有定論，故而早已為她預留了首席的位置，顧晚晴卻將她送往大理寺卿夫人身側，這不是自貶身價嗎？劉側妃心中不滿，可是一想到等會顧晚晴的下場，心情又好了起來。

那邊袁攝輕輕拍了拍惶恐萬分的劉大人，「劉大人有話儘管直說，京城乃是天子治下，雖然現時皇上聖駕在外，但法紀綱常不能亂，不管是誰，哪怕是皇親國戚，只要是有嫌疑之人，都應聽候大人問審！」

話是不錯，不過說的人很有問題。

劉側妃聞言滿面笑容，也不坐下，站定了後便道：「攝兒說得極是，劉大人定要稟公執行，一切後果，自有王爺替你做主！」

劉大人擦擦額上的汗珠，連連點頭，瞥向顧晚晴時又是面色微變，他剛剛朝門外一看，顧晚晴已然開口：「慢著。」

眾人的目光瞬間集聚過來，顧晚晴向劉大人正色問道：「不知死者是誰？又為何出現在水月庵中？死因為何？大人總要與我們說清楚才好啊，不然我們都一頭霧水的，大人讓我們聽什麼呢？郡主，妳說是嗎？」

顧晚晴左側是金氏，右側則是樂果郡主。樂果郡主顯然對顧晚晴印象不錯，當即點頭道：「可不是嗎？我到現在為止還迷糊著呢，劉大人難道是抓到凶手了？既然如此，怎麼不帶到公堂上去，反而要讓我們聽？」

欒果年紀雖小，腦子卻不糊塗，她這麼一說，除了早有所覺的人，其他人也都紛紛醒悟，看來……這件事和在場的人還真是有關係！

劉大人抹抹汗珠，「是是是，郡主說得是，死者是永樂坊的一個男伶，花名叫小盧，已著人去傳永樂坊坊主前來了，至於死因……是扭斷頸骨而死。」

欒果低呼一聲挽住顧晚晴，「是頭被扭下來了嗎？」

顧晚晴低聲安慰，其他人卻已然議論開來，死者的身分和死法，都相當值得商榷啊……顧晚晴卻以眼角餘光瞟著劉側妃那邊，便見大理寺卿夫人汪氏正與劉側妃攀談，她的目光始終停留在劉側妃腕間，躊躇幾次後終是忍不住指著劉側妃的手腕，說了句話。

顧晚晴兩年前曾給汪氏的婆婆看過病，得到過汪氏的招待，更有幸見過汪氏那多達三百餘對的腕鐲收藏，無一不是精品。

劉側妃心情正好，對汪氏的要求也沒有拒絕，不過並不曾摘下玉鐲，只是抬手讓她細看。

如此一來，劉側妃身側的幾位夫人也都聚過來共同欣賞。劉側妃為了今天的宴會做足了準備，身上的東西自然都是佳品，因此得了不少的稱讚之語，劉側妃心情更佳，正與季氏說著什麼，便見離她最近的一位夫人面色一變，驚得退後一步。

隨後，另幾位夫人也或面帶不解之色，或面帶驚懼之色的退開，劉側妃不明其意，就聽季氏一聲低呼：「母妃，妳的手……」

劉側妃低頭一看，她原本光潔細膩的手背上不知何時多了兩個銅錢大小的古銅色瘡疤，瘡上生屑，形容極為醜惡，又有一點一點的血色小點散布在手上各處。

劉側妃自己也驚叫起來：「這是什麼！」剛剛明明還好好的！

她這邊一亂，所有人的視線都轉移過來，顧晚晴當即搶上兩步，推開一個大著膽子欲抓起劉側妃雙手查看的夫人。「莫碰，是黴瘡！」

那夫人急退數步，見了鬼似的盯著劉側妃。旁人也都聽到了顧晚晴的話，一時間面面相覷不知如何是好。可縱是如此，劉側妃身邊的人已在慢慢退開，沒一會，便形成一個小小的圈子，袁攝和劉大人則被大家徹底忘在了腦後。

「妳！妳胡說什麼！」劉側妃猛然指向顧晚晴，睚眥欲裂。「給我掌嘴！給我掌嘴！」

她身邊的丫鬟已然呆了，季氏也不知所措，還是袁攝冷靜，幾步上前擋在劉側妃面前，朝顧晚晴急怒道：「不過是一點往日誤會，顧側妃何必在眾人面前如此誣衊母妃？妳是天醫，不要為一己之私墮了天醫的盛名！」

劉側妃有沒有病他們自己人最為清楚，黴瘡這樣的病是絕不會有的，袁攝一時間雖然難以斷定劉側妃手上為何會出現這樣的瘡疤，但要說劉側妃是行為不端之人，他第一個不信！在他想來，無非是顧晚晴發現了他們的計畫，想要先聲奪人，意圖以天醫之名砸下個大帽子轉移眾人視線，再製造一些對他們不利的輿論罷了，他又怎會中計！

看著袁攝眼中那滿滿的自信與了然，顧晚晴暗暗一笑，面上卻極為肅穆：「二公子快快讓開，莫要離得太近染病上身！我與側母妃以往是有誤會，可這病是作得假的嗎？你不信我天醫之名，自有可信的心腹大夫，讓他們前來一診便知真假！」

顧晚晴言之鑿鑿，又提出讓袁攝自己的人來診治，不由得人不信，她還在連連催促：「二公子快去請大夫來吧！」

顧晚晴隨即又轉頭對眾人道：「因發現黴瘡，今日在場之人都不可離開這間屋子，待二公子的大夫確診過後，我會開一些消毒湯劑給大家服下，以保諸位夫人、小姐的身體健康無虞。」

她最後對聞訊趕來的水月庵住持道：「側母妃居住過的房間更要徹底消毒，三月之內不能再招待香客，手巾、被褥這類貼身物品務要焚毀，可記下了？」

她這一番安排雖然急促，但條理分明，眾人眼中俱現信服之色，紛紛看向袁攝，那意思是……人家都說了不介意你去找大夫，你還不去找？

劉側妃滿腔的怨恨憤怒無從發洩，恨不能衝上去掐死那個賤婦！可袁攝死死的攔著她，不讓她失了鎮北王側妃的莊重體面。她氣得渾身發抖，可沒多久，她便察覺到四面八方聚到自己身上的那些目光，那些夾雜了憂慮、疑惑、嘲笑與蔑視的目光，腳下忽然一軟，靠到了季氏身上。

完了，不管這病是真是假，她的名聲，算是徹底毀了！

第一百五十二章

【脫身】

見顧晚晴自信如此，袁攝也是頗為心驚，但他寸步不讓，轉頭喝道：「速請宮中太醫前來！多請幾位！」而後怒視顧晚晴，「今日若不還我母妃清白，我枉為人子！」

顧晚晴哼哼一笑，「二公子這話說得早了些，劉側妃是否有病，恐怕只有她自己才知道！況且我們立場不同，劉側妃有病在身這是事實，你身為人子，維護母親並無不妥，可我提醒眾人遠離病源難道也錯了？再者，沒人要誣衊劉側妃的清白，有病治病便罷了，與清白何干？難道二公子以為黴瘡之症只能經由那一種方法傳播不成？若是如此，我又何必提醒大家？還是說……二公子是被踩到了尾巴，說者無心，聽者有意？」

連側母妃都不叫了，還不是撕破臉皮？袁攝目光沉沉，眼底隱現殺意。

顧晚晴卻似毫無所覺，泰然自若的站在那裡，又回頭與劉大人道：「劉大人，既然我們已經知道了死者的身分死因，現在可以繼續了。」

劉大人汗如雨下，一雙袖子已擦汗擦得盡濕透，他連聲應著就往外去，袁攝的目光猛然一閃，斷喝一聲：「站住！」

話一出口，才覺得過於嚴厲了些，他立時緩了口氣：「既是命案的關鍵所在，還是回衙門再審，現下事務雜亂，不適宜就地過堂吧？」

雖是反問，意思卻是明確的，劉大人對著這些貴婦淑女們本就頭大，聽此一言巴不得趕快離開，連忙道了個歉，說是要回去仔細審理證人，便帶人匆匆離去。

袁攝鬆了口氣，提著的心卻沒有放下，再看向顧晚晴時，眼中多了許多不可思議之色，原以為是個蠢婦，沒想到倒也有幾分急智。剛剛若要提審淨雲，縱然淨雲供出顧晚晴，眾人也不會相信，只會覺得這是他們在蓄意報復，那麼劉側妃的病，可是坐實了。

顧晚晴則稍有些失望，不過劉側妃病勢已發，這已是對付她最好的武器。

劉大人走後，一些未婚的姑娘也都退了出去，剩下一些名流貴婦們大眼瞪小眼。事到如今，人人都看出了顧晚晴與劉側妃之間的嫌隙，她們又是鎮北王府的家眷，不管這事是真是假，將來受牽連是一定的。

沒人願意攪這灘渾水。

於是那些貴婦人們頗有默契同時尋了事情去做，有的說是要連夜趕回京去，有的說要去前殿誦經安神，還有的餓了渴了睏了，總之人人的理由都不同，一會的工夫，原本還滿滿當當的大廳內只剩鎮北王的家眷。顧晚晴又以目光示意，金氏面容微白的顫了顫，雖不放心但也無法，只得也尋了藉口退了出去。

袁攝的臉色異樣難看，他自然是要留那些人等太醫前來為劉側妃正名的，可他現下正是要籠絡人心的時候，不能太過強硬，如此一來，腿長在人家身上，他還能有什麼辦法？這下倒好，人散了，就算太醫過來證明劉側妃並沒有患上黴瘡，也沒人會信了。

劉側妃苦苦挽留平日與自己交好的幾位夫人，可她們都知道這件事的嚴重性，並不敢留下，仍是散了。劉側妃癱倒在椅上，已無精力斥罵顧晚晴，她猛顫著雙手，盯著顧晚晴的目光中充滿了兇怨惡毒之色，臉色已是灰敗至極！

「顧側妃好謀算！」袁攝縱然後悔小瞧顧晚晴卻也是晚了，咬牙切齒的吐出一句，眼中殺意迸現，已再無掩飾。

顧晚晴卻並不如袁攝所想那般找藉口想要離開，反而慢悠悠的走到劉側妃對面的位置坐下，淡淡的道：「我只是就事論事，你以為劉側妃的病是我胡謅出的？那我就在這陪你們一同等太醫前來，看看我究竟是不是錯診！不過……」她忽然對袁攝一笑，「眼下二公子目露凶光，難不成是想殺人滅口？」

她自然是可以走的，可就怕她有命走出這個門口，也沒命回到京城。

袁攝的凶意已然顯現，「殺了妳？倒便宜妳了。」

「嘖嘖嘖……」顧晚晴搖搖頭，「你怎麼還不相信呢？你不相信我也得相信你母親，你問問她，除了手上，身上可有不妥之處？這種事旁人不知道，自己可是最明白的了。」

顧晚晴一再強調劉側妃的病症屬實，饒是袁攝恨她，但面對她的自信也有些動搖，不由自主的看向劉側妃。

劉側妃的胸口急劇的起伏著，已然氣到極點，又見袁攝看過來，不知怎的心中便是一慌。也不知是不是錯覺，從聽竹園回來後，她就依稀覺得身上不妥，可那時她的注意力全在陷害顧晚晴這事上，所以並沒有當一回事，現在提起來似乎那種不適感又增加了不少，不僅私密之處，連後背、前胸都有了異樣的感覺。

「妳……是妳！」劉側妃陡然跳起朝顧晚晴衝了過來，「定是妳對我下藥！」

顧晚晴沒動，阿影早已迎了上去，也不見她有什麼動作，輕輕一撥，劉側妃已倒向季氏。

「越說越沒勁了！」顧晚晴沉下臉色，「這是病，不是中毒，隨便一個大夫都看得出來！不過你們可得做好準備，劉側妃身患黴瘡，這樣的事實在太丟王爺的臉面，在京城之內，怕是沒有大夫敢醫的。」

袁攝臉色驟然鐵青。

顧晚晴笑笑，「就是嘛，所以說你殺了我有什麼用？有這時間，不如想想如何應對王爺吧。」

「妳這毒婦……」只要想到鎮北王暴怒的臉，劉側妃的身體已經開始發顫。

顧晚晴看也不看她，「天理昭昭，因果報應。劉側妃與其在這罵我，不如去看看病勢，省得總說是我誣衊了妳。」

劉側妃早有此意，忿忿的轉入廳內一側屏風之後。袁攝對季氏略一使眼色，季氏咬咬下唇，抬腿跟了上去。

「現下二公子對我定然是欲除之而後快。」顧晚晴坐在那一動不動。「我也明白今天我走出這間屋子的機會很小了，不過我勸二公子一句，人心隔肚皮，縱然是母子，也有說不得的秘密。剛剛我雖對眾人說這病也可透過別的途徑傳播，但那樣的機率少之又少，將來面對王爺洞察秋毫之時，二公子可莫要因小失大，要當機立斷才是啊！否則被人連累，怕是連與世子相爭的資格都不再具備了呢。」

袁攝心中一驚，明白她說得句句屬實，如果劉側妃所患確實是黴瘡，那也不必去管是怎麼感染的了，這本就是說不清楚的事，依鎮北王的脾氣，又怎會留著劉側妃的性命？說不定連自己都會受到牽連！

才想到這，屏風後突然驚呼一聲，季氏花容失色的跌坐在地，自屏風後露出半邊身子。

跟著又聽一聲尖叫，重物落地之聲接連而至。季氏連忙爬起來，「二爺，母妃暈倒了！」

袁攝大步過去，一番忙亂過後，劉側妃再未露面，季氏也留在屏風後照看她，袁攝轉出來，臉色異樣難看。

「看到了嗎？」顧晚晴笑問：「真是病，這回賴不著我了吧？」

袁攝沒有說話，陰惻惻的盯著顧晚晴。顧晚晴知道他此時心裡正在做著最壞的思想鬥爭，半點不敢大意，沉聲道：「我可以幫忙。」

袁攝略一揚眉。

顧晚晴道：「說到底，二公子最怕的是被此事牽連。如果王爺突患奇症，你說他還有沒有心思去管這事？如果再由二公子出面將王爺治好，那麼將來就算有流言傳入，那也是功大於過，王爺又豈會追究？」

這話不縝密，可顧晚晴有意這麼說，就是為了話中的餘地。

果然，袁攝目現探究之色：「突患奇症？」

顧晚晴微微一笑，「我有一種秘藥，服用後可使人昏睡不醒卻神智不失。眼不能視、口不能言，耳卻能聽，這算不算是奇症？」

袁攝目光猛然一閃，突然又獰笑起來：「顧還珠，妳打得好算盤！」

讓他去給鎮北王下藥？讓他去做這驚險萬分大逆不道之事？再將他揭發出來，讓袁授坐享漁人之利？

「二公子以為我的想法會這麼簡單？」顧晚晴面色不變。「只要二公子今日留我性命，藥，我去下。不過事成之後要馬上送我出關，我此生不再出現在你面前。」

換言之，什麼世子側妃，不做了！

袁攝嗤笑，「妳以為我會信妳？」

「相信二公子必然有讓我乖乖聽命的法子，那些用以挾制的慢性毒藥，請隨便招呼。」

「妳是天醫！」袁攝慢慢坐下，握掌成拳，指尖卻在不停的相互摩挲，外表看起來倒是悠然至極，「有什麼毒是妳解不了的？」

看著他已經微現斟酌的神情，顧晚晴緩緩一笑，「我是天醫，可二公子身邊，應該也有一位醫術不輸於我的人吧？今日之事難道不是有她在背後輔助，二公子才會差一點就陷害到我了嗎？說起來我與她也是姐妹一場，許久不見，二公子不妨請她出來，讓我們一敘舊日情誼可好？」

第一百五十三章

【毒殺】

顧晚晴早想清楚了，聶清遠的那件衣服是真的，這件事不可能有更多的人知道，能拿到這件衣服的，除非是一早就在悄悄注意自己一舉一動並寫信彙報給袁授的顧明珠。

而且今天也多有反常之處，一者是水月庵出了這麼大的動靜，顧明珠住在這裡，於情於理都應該過來看看，可她並沒出現；二者是袁攝，他自然也是知道顧明珠在這，可剛剛要給劉側妃確認病情時，他卻沒有提出讓顧明珠前來，而是轉請遠在京城的太醫，這豈不是太刻意了嗎？

而他不叫顧明珠，或者是因為他心急忘了這事，或者是認為顧明珠也是顧家的人有失公正，但更多的可能，則是他不願自己和顧明珠有所牽扯，進而露出什麼破綻。畢竟，陷害世子側妃失節不貞的事，鬧將起來絕不光彩！

至於顧明珠嘛，顧晚晴嗤笑一聲，她把樂姨娘還了回去卻換回如此大禮，雖然驚險卻也不讓她意外，她早知道顧明珠那個人是什麼都做得出來的。

袁攝半垂著眼簾沉默不語，似乎仍在考慮顧晚晴的提議，不過對顧明珠一事卻沒有承認，只是隱晦的看了一眼守在門口的心腹。不消多時，那人回來獻上一個盒子，袁攝打開來，盒子裡面裝著一枚藥丸。

袁攝接過小盒子，示意那人下去。他輕輕摩挲了盒蓋一會，又托著小盒子走到顧晚晴面前，笑道：「顧側妃醫術高絕，不知可認得這是什麼？」

顧晚晴粗略一看，緩緩搖了搖頭。

袁攝輕輕一笑，低聲說：「要顧側妃服食毒藥，我不放心，不過顧側妃可將此藥奉給側母妃……」

顧晚晴一驚看向他，見他面色如常，脣邊笑容好比春日暖陽。

袁攝將盒子放在顧晚晴手邊的小几上，而後喚出屏風之後的季氏，對顧晚晴淡淡的道：「能不能走出這間屋子，都看妳的選擇了。」

季氏略有慌亂的問道：「到底是……」

袁攝揮揮手，便有人上前強行將季氏帶走，隨後他對著顧晚晴笑了笑，跟著走了出去。

這麼一來，室內只剩了顧晚晴、冬杏、阿影和被自己病情嚇昏的劉側妃。顧晚晴苦笑一聲，拿起那藥丸仔細看了看，又聞了聞，用指甲摳下一點在桌上抹開，簡單分辨了一下藥性，確定是毒性極強的毒藥。

「權勢真就那麼重要嗎？」顧晚晴看著那枚藥丸，久久不語。

讓她毒死劉側妃，袁攝除了失去一個母親外，他得到的盡是好處。

「夫人，此事奴婢可以代勞，不必髒了夫人的手。」阿影的聲調平淡，似乎這與吃飯喝水一般平常。

冬杏則一直打著哆嗦，又驚又恐的看著顧晚晴。

顧晚晴卻是沒有過多的表情。她略一思索，坐了下來，對阿影道：「妳去看著劉側妃，她要是醒了，不要讓她出聲。」

阿影皺了皺眉，正要前去的時候顧晚晴重複道：「聽好了，是不要讓她出聲，我需要她活著。」

阿影欠了欠身，退至屏風之後。

冬杏的雙手緊握在一起，樣子恐懼極了，顧晚晴本想安慰她一下，可才看過去，冬杏就快哭了似的，想想這也不是解釋的時機，顧晚晴只得作罷。

算了，先讓她怕一會吧。

顧晚晴端坐在大廳內不言不語。時間一點點的過去，事先送藥過來的那人在門口張望兩次，顧晚晴仍是坐在那裡一動不動。就這麼過了一個多時辰，袁攝再次出現，面色微沉，眼中的耐心早已消磨殆盡。

「顧側妃當真慈善，可惜，慈善有時是要賠上自己性命的。」

聽著他陰沉沉的語氣，顧晚晴笑了笑，緩著自己坐僵了的身子。「二公子倒是心狠手辣，為了自己的前程，連自己的母親都能痛下殺手。」

袁攝偏偏頭，「怎麼是我呢？母妃明明是死在妳的手裡。」說罷他朝外一招手，厲喝道：「顧還珠毒害我生母，來人，速將她拿下！」

說話間幾個壯碩大漢已衝了進來，冬杏嚇得雙腿發軟，但仍站在顧晚晴面前，未曾退縮一步。

「慢著。」顧晚晴將冬杏拉到自己身後，「二公子不必如此，我延誤時間只是於心不忍，不過性命悠關，有什麼比自己的命更重要？只要二公子答應放我走，我這就將這藥丸送給劉側妃服下！」

袁攝將信將疑的盯著她，如果顧晚晴對劉側妃下毒後出逃，當然要比他捉了顧晚晴再誣她殺人來得自然得多……

見他不言語，顧晚晴上前一步，「我希望二公子能立下重誓放我一條生路！」

「希望二公子能備下車馬錢糧，送我出關！」

「我身負弒母之罪，斷不能再取信於王爺，二公子早已後顧無憂！」

說來說去，只想得到他一句承諾罷了。袁攝心中嗤笑一聲，這女人，到了現在竟還如此天真！

「好！我就立誓！」袁攝三指向天，立下重誓，定會放顧晚晴一條生路。

顧晚晴緩緩的舒了口氣，點點頭，拿著那個裝著藥丸的小盒轉入屏風之後。

袁攝側耳傾聽，似乎聽到了劉側妃含糊的驚懼斥罵，眼中劃過一絲不忍，不過很快的，他便將這分不忍壓下，劉側妃患了那樣的惡疾，無論是如何染上的，她都不應再存在這世上連累她的兒子了，相信她自己也明白這一點。

「二公子……」顧晚晴的聲音在屏風後響起。

袁攝並未馬上過去，而是示意自己的心腹上前。那人到屏風後看了一眼，轉身出來後面露戚色：「二公子，側妃她……」

袁攝衝過去，便見劉側妃面如金紙的躺在美人榻上，雙目緊閉口鼻滲血，與那毒藥毒發之狀完全相符，再過去探看劉側妃的鼻息，早已氣息全無了。

「母妃……」袁攝壓抑的喚了一聲，而後轉向顧晚晴，目光微現複雜，「最毒婦人心，此話當真不假。」

顧晚晴雙手合十行了一禮：「希望二公子能謹遵誓言。」

袁攝笑了笑，再次權衡了一下利弊，確定顧晚晴離開要比捉她去見鎮北王於自己更加有利，當下轉出屏風，朝左右示意：「送顧側妃出寺！」

出了水月庵，她是生是死是走是留，就都不是他的過錯了。

顧晚晴卻微有遲疑，瞥了眼外頭已然全黑的天色，淡淡的道：「這是我平生第一次殺人，我想為劉側妃誦一篇超渡經文。」

袁攝面露譏諷：「所以我才說顧側妃心地慈善啊……」

顧晚晴淡淡一笑，正想再說什麼，突聽外面喧譁四起，又有刀兵相接之聲，袁攝臉色大變，立時遣人出去查看。

顧晚晴卻閉了閉眼，長長的出了口氣：還好，趕上了。

袁攝卻是驚惶不已，來人竟是鎮北王身邊最受信任的貼身禁衛！

他們怎麼會來？袁攝心思急轉，此時最有可能的就是劉側妃患病一事傳回了宮中，鎮北王派人來一探究竟，可怎會這麼快！

沒時間細想，袁攝悲愴不已的迎了上去，目含熱淚悲忿不已。「側母妃被奸人毒死，凶手已當場抓住，眾位大人速拿凶手去父王面前問罪！」

那一隊五十人的禁衛軍面面相覷，面容上都有些莫名之意。

正在這時，顧晚晴踏出大廳，立於石階之上聲音微揚：「諸位大人，便是我通報的消息，請將我與劉側妃帶至王爺面前，王爺自有聖斷。」

乍聽此言，袁攝有些發懵。

那些禁衛軍低聲商議一番，便咚咚上前，兩人制住顧晚晴，又有幾人進屋查看，不消多時，冬杏、阿影和一個身材微顯豐腴的身影被帶了出來。

袁攝看清了出來的人驟然尖叫一聲，再顧不得維持清雅之姿跌坐在地，神情中滿滿的驚恐像是見了鬼——他是真以為自己見了鬼，那跟在阿影身後的，不是剛剛服毒而亡的劉側妃又是哪個！

劉側妃的精神萬分頹萎，嘴角還滲著鮮血，髮髻散亂，失魂落魄，目光沒有焦點的游移著，看到顧晚晴時痛苦的別過眼去，又看到失態的袁攝，兩行淚水流出。

她沒死？她怎麼可能沒死？她不應該沒死！

袁攝的面色灰敗得有如死人，比起對劉側妃的歉疚，內心的驚懼更讓他五內難安，剛剛他已探過了，她明明是……已經死了！

是顧還珠！

袁攝猛然怒視著顧晚晴。

是她！這都是她的陰謀！

「母妃！」袁攝跌跌撞撞的衝至劉側妃腳下，抬起頭已是淚流滿面。「孩兒不孝！幸而母妃無恙！孩兒寧願放棄一切為母妃祈福增壽！」

劉側妃面容萎靡，似乎一瞬間老了十歲，她看著淚痕滿布臉龐的袁攝，心裡仍是心疼的，就像以往他做過那麼多的錯事，只要來求她，她總會心疼，可……只要想到剛剛，她在屏風後聽到的，她躺在那裡時聽到的，一切都像做夢一樣……她籌劃了這麼多年，費盡心機的打壓王妃與袁授，為的難道只是那個王妃的位置嗎？她是為了她的兒子啊！可是她的好兒子，不僅對她動了殺機，更在她「死」後，一滴眼淚都懶得奉上！

「攝兒……」劉側妃形如枯槁，呆呆的喚了一句，卻是什麼話再也說不出來。轉過頭去，對上顧晚晴那雙充滿同情的美麗眼睛，劉側妃頭一次覺得……不值啊……

第一百五十四章

【處置】

劉側妃心灰意冷的神情，顧晚晴盡數看在眼中，可她早已不像以前那麼天真，認為劉側妃就會站在她這邊指證自己的兒子弒母，待她們回到宮中，面對鎮北王的詢問，劉側妃照樣會針對自己。

目光轉過禁衛軍之後的青桐，顧晚晴向她輕輕的點了一下頭，然後便隨著禁衛軍隊，踏上回宮之途。

她早知道這事不會善了的。

在那等著指證她的淨雲面前，在居心叵測一心只為對付她的劉側妃與袁攝面前，她只能率先出擊，殺劉側妃個措手不及！

所以她抽空去見曹夫人，以異能再度給她治病，再回來傳給劉側妃，目的便是讓劉側妃病情加劇遮掩不得！這麼一來，眾人的注意力都在劉側妃身上，誰還會去聽一個小小女尼的話？可她此舉卻也將自己推進了一個難以轉圜的境地，若是之前袁攝只會將她收押送到鎮北王面前受審，一步步的磨死她，現在則是殺意頓現，想要當場置她於死地了！

前因後果，顧晚晴想得明明白白，故而在見曹夫人之時便讓青桐速速回京面見王爺，王府中人都有隨時入宮的權利，顧晚晴同樣有鎮北王親發的隨身金牌，將此金牌交給青桐，並囑咐見到王爺後便說，見到袁授偷偷回來與她相見，言語中多有大逆不道之辭，青桐聽之心驚，便偷了金牌逃回京城彙報云云。

鎮北王對袁授本不信任，只要這麼說，鎮北王不管相不相信都會立即派人前來查看，只要他的人一來，顧晚晴自然可以脫身。不過也只是才出虎穴又進狼窩而已！

基於這點，顧晚晴才有意拖延時間，不過她也沒有想到袁攝會做下弒母的決定，她讓阿影看著劉側妃，其中不乏想讓劉側妃聽聽袁攝的言行之意，然後她入屏風後，餵劉側妃吃下毒藥，又在毒發之時運用能力保了劉側妃一命！袁攝查看劉側妃氣息全無，不過是顧晚晴以金針點穴，暫時閉了劉側妃的呼吸而已。

看著身前不遠走得搖搖晃晃的劉側妃，顧晚晴心中多少有點同情，但也僅止於此了。現下劉側妃雖然保全了性命，可黴瘡與毒丸的雙重毒性並未完全清除，還有很大一部分積壓在她體內，縱然日後細心將養調理，於她的壽命也大大有損！

若是以前，顧晚晴就算再氣再恨，也斷斷做不出這樣的事，可今天這事至此仍讓她心悸不已，饒是她反應不慢，但凡緩上一步、慢上一線，她現在也已然不在這個世上了，更會拖累袁授、連累

葉氏一家！

也是今天這件事，讓她徹底認清了自己所在的環境，這已不再是為一個好感、為一個天醫之位而謀算的小打小鬧了，這是戰場！真正會損人性命、殺人無形的硝煙戰場！

或許早從她嫁給袁授那天起便已經沒了退路，為了性命、為了袁授、為了不牽連家人，她怎能繼續天真下去！今日之事，劉側妃想要她性命，她以報還之，事情就是這麼簡單。

她曾有感於袁攝與劉側妃的步步心機、步步謀算，本還打算慢慢籌劃找個幫手，現在看來卻是不必了，託他們的福，若不是他們苦苦相逼，她又怎能臨危應變，將他們連消連打到這種地步！

接下來，就是面對鎮北王了。雖然人人都怕鎮北王，可顧晚晴不怕他。或者說，因為恨，所以不怕他！

他對袁授做下的事，足夠顧晚晴恨他一生了。

少了來時的悠閒愜意，一隊數十人的隊伍策馬疾馳，披星戴月的趕至城門之下，為首者亮出鎮北王通關金牌，一行人得以順利入京，不消多時，顧晚晴與劉側妃等人已站在御書房的大門前等候傳召了。

鎮北王雖還未登基，但一些儀制已悄然更改，顧晚晴知道這都歸功於袁授連連立功於宣城，年後幾場對戰，袁授皆生擒對方將領，宣城內的氣勢已敗得一場糊塗，破城在即了。

在殿外稍候，便有宮人來傳，卻不叫劉側妃，只叫了顧晚晴進去。

想來鎮北王已經知道事情的來龍去脈，這一路上顧晚晴已經將心緒完全平復，她再不會緊張發抖了。

進入御書房中，鎮北王正陰沉著面目看著手上一張奏摺，桌上擺的卻是藍墨而非朱砂，顧晚晴眼中劃過一抹淡淡的嘲弄。

鎮北王的心思人人皆知，可他偏偏要做出迎駕還朝的假象，不居天子寢殿，連批改奏章都拒用朱筆，他以為他做得很好，可那些言官御史仍將他罵得狗血淋頭！他抓一批、殺一批，又能如何？可堵得住天下悠悠眾口？可論得過史官口誅筆伐？早知如此，何必惺惺作態，倒不如坐實了篡位之名，將來論起也是一代梟雄爭霸天下，比這欲蓋彌彰、掩耳盜鈴之舉可是強上不少。

「侍女青桐，造謠生事，其心可誅！」

沙啞的聲音在顧晚晴耳邊響起，顧晚晴一愣，抬眼看向鎮北王，稍加打量，見他端坐御案之後，腰桿挺直，氣勢仍在，可精神卻大不如前，連聲音都少了一股凌厲之勢。

「……立斬不赦！」

顧晚晴動也不動，「王爺聖斷，請連媳婦一起斬了吧，她回來報訊，是我唆使的。」

鎮北王「啪」的將手中奏摺摔於案上，容色已是極怒。「妳當妳跑得了？誣衊毒殺母妃之罪，足夠誅妳九族！」

「那麼王爺也在九族之列了。」顧晚晴閒閒說出，並無絲毫情緒波動，好像只是說了一句無關緊要的話。

「混帳！」鎮北王抬手便將案上的茶盞掃落在地。「顧氏！我會讓妳看著顧家全族一個個的死在妳的眼前，到時看妳還有沒有心情與本王詭辯！」

顧晚晴無語半天，考慮著自己是不是該跪下服個軟，這老頭明顯是在消遣自己啊，他戎馬一生，殺人對他而言就跟砍瓜切菜一樣簡單，若真想殺她，還會在這囉嗦半天也不進正題嗎？很明顯，他並不想殺她，但又嚥不下這口惡氣！

想了想，顧晚晴還真是跪了下去，自尊誠可貴，性命價更高，雖然眼前的是仇人，但她不介意為了自己的性命虛與委蛇一番。

「除了假報世子還朝一事用以保命外，媳婦不知自己做錯了什麼。」

她這一跪，鎮北王倒像是傻了一下。

顧晚晴繼續又道：「側母妃的確患有惡疾，毒丸也是二公子強迫我餵與側母妃的，不過媳婦沒那麼大膽子，暗中施針將側母妃又救了回來，如果是因為救下側母妃一事王爺要處置媳婦，那麼請賜下毒丸，媳婦馬上再毒死側母妃一次，以求將功補過。」

「巧言令色！」鎮北王怒容不減，聽了她這一番言論，本就沒停過的頭痛更痛了。

他的確沒有想殺顧晚晴的意思，如今袁授擁兵作戰在外，此時殺了顧晚晴，豈不是給了他造反的大好藉口？至於弒母，他則是從頭至尾也沒相信是顧晚晴所為。

他自己就是個涼薄的性子，對一些非常手段自然知之甚深，如果劉側妃的病情是真的，換作是他，他也會毫不猶豫的痛下殺手以除去自己的累贅，男人便當如是！對這幾個兒子，他從來都是這麼教的！

只不過今日之事也有讓他驚奇的地方，袁攝素來以人緣親和著稱，他還常常覺得不像他，可現在看來，竟像足了十成！這樣才配做他袁北望的兒子！

不過……想到剛剛的奏章，他眼色更沉，欣慰是一回事，可若有人不知好歹，想要做出挾制威逼之事，他也斷不會手軟，哪怕是他的兒子！

「王爺。」一道稍偏陰柔的聲音響起：「江太醫求見。」

顧晚晴瞥了一眼，見說話的正是無間道喜祿。

見她看過去，喜祿微一欠身，似乎還衝她笑了笑。

「傳！」早在顧晚晴主動提起劉側妃的病情之時，鎮北王對她的說辭便已信了八成，病這種東西只要派親信太醫去看便能水落石出，作假不得。

喜祿便傳了江太醫進來，江太醫並未上前，只在門前處跪下，低聲道：「劉側妃病情不輕，需要靜心調養，最好能遠居人群，方能有所起色。」

此言一出，鎮北王疲憊的目光陡然精厲起來，太醫之言雖然隱誨，但都是心腹之人，他自然明白是什麼意思。「這賤婦！活著也是多餘！喜祿！」

喜祿當即上前一步，柔聲道：「二公子正在外勸慰劉側妃，是否等晚一些……」

鎮北王眉梢一挑，「他倒是關心他母親！」說罷哼笑一聲，目光重又落到案上的那份奏摺之上。「他們母子情深，本王怎能不成全？罷了，便讓他侍奉他母親服藥吧，再召劉光印回京……為其女所犯醜行面壁思過！」

喜祿這次沒再多言，默不作聲的去了。

鎮北王掃一眼仍站得筆直的顧晚晴，突然沒了難為她的興致，隨便揮了揮手，「授兒回京之前，妳便留在宮中，沒有我的命令，不得與人相見！」

沒空同情劉側妃，顧晚晴輕輕的舒了口氣，垂手退出，一聲也不出，生怕又觸到了這個變態王爺的哪根神經，讓他改了主意。

顧晚晴的住所是喜祿安排的，一個極為偏遠冷清的宮殿，那些宮人們也都得了喜祿的交代，除了送飯送菜，根本不會靠近，只有在她想要出去的時候尾隨上來，勸她回去。

顧晚晴明白自己這是被軟禁了，不過比起丟了性命，這樣的結局好太多了，是不是？左右都得等鎮北王的氣消了，她才能出宮為袁授繼續謀劃，既然現在出不去，又何必做無用的反抗？

既來之，則安之，轉眼顧晚晴在這破落的宮殿中已住了三日有餘，這天實在忍不住，去御花園裡轉了一圈，時值初春，一些嫩芽已現，看起來倒也有些景致。

因為身後有人監視，顧晚晴不可能安安靜靜的欣賞，便只是隨便轉轉，正打算回去時，忽見不遠處的假山之側閃過一個人影，起初她還以為自己眼花了，可沒過多久一道黑影又在那邊閃了閃，好像特地閃給她看一樣。

顧晚晴低頭沉思一會，叫過身後跟著的一個宮女：「那邊似乎有人，妳過去看看。」

第一百五十五章

【暗號】

那宮女並沒有猶豫太久，除了她，顧晚晴身後跟著四、五個人，再說在這宮裡，顧晚晴也根本沒法跑掉。

那宮女去了，顧晚晴就站在原處等著。看到那個黑影的時候她本還心中一動，以為會不會是袁授，可沒一會就笑自己太笨，且不說袁授正在千里之外，就算他回來了，他既能潛入宮裡，何不直接去她的住處見她？怎麼會在這麼多人面前鬼鬼祟祟的？

既不是袁授，在這宮裡顧晚晴就沒什麼認識的人了，對方明顯是想吸引她的注意，但現在正是非常時期，她自保尚有問題，怎會再隨便招惹事端？再說她身後跟著這麼多人，只要有一人看到，她豈不麻煩？故而她派宮女前去查看，將一切擺在檯面上。至於對方，她實在是沒那麼善解人意，在對方身分未明的時候只能先保全自己。

那宮女去了沒一會就匆匆回來，身後又跟著一個十四、五歲的小丫頭，也做宮女打扮，十分恐慌的樣子。

「回稟側妃，這是長公主身邊的憐夏。」

長公主？顧晚晴微感錯愕，先前為太后醫病的時候，她與長公主每日照顧太后於榻前，自然認得，但卻並無深交，長公主怎會差人來找她，還用這麼鬼祟的方法？

看了看憐夏，顧晚晴沒有多說什麼，只是道：「我還以為是誰，原來是長公主身邊的人，我多日未見長公主，她還安好嗎？」

憐夏辦壞了差事又被這麼多人盯著，渾身抖個不停。可見顧晚晴並未出言責備她，反而與她話起家常，她連忙答道：「長公主一切安好，只是……」

「那就好。」顧晚晴打斷她的話，對於長公主，她心存好感，且對於長公主要見她一事她也充滿好奇，但現在終究不是時候。想了想，顧晚晴笑道：「長公主身邊的湯嬤嬤做的雲絲糕相當好吃，我也是好久沒有吃到了，不知妳可否代為轉告公主，如果方便，晚些請湯嬤嬤送些過來？」

憐夏一愣，迎上顧晚晴沉穩含笑的目光，心裡不覺也安穩下來，欠身應了一聲。

顧晚晴身後的宮人有些急了，為首的內侍上前道：「側妃娘娘，這王爺的命令……」

顧晚晴隨意一笑，「王爺只是不許我見人，可你們不也只是奴才。她們送點吃的而已，不作數的。」

這話聽著難聽，但那內侍一想，也對，他們不也每天跟在她後前嗎？況且喜祿公公囑咐不准為

難顧側妃。再說將來等世子名分一定，這顧側妃便是太子側妃，現在結了仇怨又豈是他們能擔當得起的？大不了如實回報給喜祿公公，有什麼事自有上頭的人扛著。如此一想，他便輕輕一笑，退了下去。

顧晚晴也不再久留，讓憐夏回去後，她便回了住處，心裡卻是在想長公主找她不知所為何事，也不知長公主肯不肯冒險前來。

一直等到暮色初降，顧晚晴用過了晚飯，便聽到宮門開啟的聲音。平時她住的這處宮殿都是宮門緊閉的，除了送飯，也只有她會進出，現在這個時辰……

顧晚晴整整身上的衣裳，於暖閣內坐好。

沒一會，有內侍引著兩個人進來，一個是上午見過的憐夏，另一個拎著食盒面容富態的，正是長公主身邊的湯嬤嬤。

不是長公主啊……顧晚晴挺直的身形稍稍放鬆了些，再三懷疑自己是不是誤會了什麼，或許長公主根本沒有想見她的意思，憐夏也根本不是來找她的。

湯嬤嬤給顧晚晴行了大禮，「公主許久不見側妃，心有掛念，特讓老奴給側妃問安，又有一事相求。」

這話一出，湯嬤嬤身邊的內侍詫異的多看了她一眼，又連忙低下頭去，一副充耳不聞的樣子，但誰都知道，顧晚晴的一舉一動，他全都會如實上報給喜祿的。

顧晚晴也很是意外，湯嬤嬤已又道：「公主近來心煩氣躁，太醫來給開了方子，但公主總是不見好，差老奴來請側妃看看這方子是不是有問題。」說罷她仔細想了想，快聲道：「那方子裡有桃仁、蛇蛻、鳳凰衣、園參、千層塔、三分三、石見穿、一見喜……」

顧晚晴皺了皺眉，這是什麼藥方？簡直是亂七八糟，能不能治病不說，吃出問題是肯定的，正想再細問問，湯嬤嬤已又道：「公主說不著急，讓側妃仔細斟酌著……」

一邊心煩氣躁一邊又讓她仔細斟酌？想到那古怪的藥方，顧晚晴眉頭皺得更緊，連湯嬤嬤等人何時出去的都未察覺。

桃仁……蛇蛻……鳳凰衣……

顧晚晴心裡猛然一縮，莫非是逃人？蛇蛻鳳凰衣……難道說，長公主是想拋卻公主之尊，出逃離宮嗎？

那後面的園參、千層塔等物又做何解？

顧晚晴的目光移至湯嬤嬤帶來的食盒上定住，略略一想，抬手將那些精美香糯的雲絲糕逐塊掰開，可一盤下來，並無所獲。

顧晚晴不死心，又將食盒仔細翻看，最後終在瓷盤底下發現了一枚黏在那的鑰匙。

看來果然所想不錯！

長公主想要逃離出宮，但無門路，正巧自己入宮，她便求到自己頭上，若所料不錯，後面所列的數種藥材定然是一個方位地點，那裡應該藏著足以讓她「一見喜」之物，作為此事報酬。

顧晚晴看著掌中的鑰匙苦笑一聲，她自己現在也是自身難保，又怎有辦法送長公主出逃？不過太抬舉她了。

她倒好奇，聽聞長公主是主動入宮的，如今為何又要逃離？

斟酌良久，顧晚晴到案前提筆細書，絞盡腦汁的想了一些與湯嬤嬤所說藥名相似相近的良藥，以這些藥寫了一份正確的安神益氣藥方，這才舒了口氣。

雖然交往不深，但顧晚晴對長公主是極為敬佩的，敬佩她那一身正氣，敬佩她有著連泰安帝都不得不信服的人品氣度。她是個女強人，同時又是個可憐人，如果能幫，顧晚晴是一定會幫的，只是不是現在。

第二天一早，顧晚晴叫來監視她的內侍，將藥方給了他。

「送到長公主那裡吧，這些藥多數沒錯，可能是沒加藥引故而藥效減半，何為藥引我在方子裡已寫清楚了，讓長公主安心靜養，切不可莽撞用藥，以免壞了身體。」

那內侍領命，拿著藥方就直奔了喜祿處。喜祿找了太醫來看方子，卻也沒看出什麼，方子是對的，只不過用藥孤僻，不是以往的成方，這便引得那兩個太醫極大的興趣，以為觸到了天醫的用藥之秘，喜不勝收。

顧晚晴自然是知道方子沒問題，所以那內侍回來覆命之時她只著重問了她的囑咐有沒有傳到，得了肯定回答後這才放了心，費了一晚上的腦子也終於得以放鬆，沒一會竟睡了過去。

這一覺睡得異常的好，顧晚晴再睜眼時，天色又已暗下，屋內的炭火早已熄了，空氣中滲著絲絲寒意。

已經開春了，竟還這麼冷。顧晚晴還有些困倦，懶懶的裹了裹身上被子，目光無意間落到自己腕上。藉著昏黃的宮燈，顧晚晴見到自己腕上多了串碧璽手鍊……

碧璽手鍊！

顧晚晴猛然清醒，握著那手鍊跳下床榻，在屋內急尋。

這手鍊是她離開宣城時，袁授從她手上摘下的！現在回來了，那就說明……顧晚晴激動不已，可將室內看了一圈，所有能藏人的地方都看了一遍，哪有袁授的影子？

這不是錯覺吧？顧晚晴翻來覆去的看著那串手鍊，確定自己原來並沒戴著這樣的東西入宮，可如果袁授回來了，又怎會不與她見一面就離開？還是礙於她身邊監視的人，袁授不能久留？

可他為什麼不叫醒她呢！

想到這幾天自己遭受的一切，顧晚晴心頭一股股的委屈湧現上來。

他知不知道她很害怕？他知不知道她怕得渾身發抖，卻還要強撐著笑容站在那裡，面對劉側妃、袁攝和鎮北王的攻訐與質問？他知不知道，她這幾天有多麼想他，可她死死的壓著，她不想拖累他，她回來是要幫他的，怎麼能這麼軟弱呢？所以她假裝自己不想他，假裝自己已經強大得無所畏懼。

屋子，還是那個屋子，可突然之間，顧晚晴冷得厲害，不得不鑽回被窩，把自己捂得嚴實，在黑暗中摸著手腕上的手鍊，想著他回來為她戴上手鍊的情景。

他也很捨不得吧？他急急的離開，定然是有不得已的原因。

顧晚晴拼湊著溫暖的情景，與此同時，鎮北王府附近的一處私宅內，阿影正跪於庭前，她一動不動，若不細看，很難察覺她削瘦的身形正極微的顫抖著。

一片烏雲隨風而過，遮住了半邊月色，天地間頓時變得朦朧起來，聽著外進門伐輕響，阿影攥緊了雙拳，努力忍下身上的顫抖，然後那俐落的腳步聲越行越近，直到她的身後。

「屬下無能……」阿影才剛開口，便見一雙素面雲緞長靴停於自己眼前。

「流影……」隨風而來的聲音冷厲，比初春冷夜更為寒峭。「我信任妳，妳卻將這份信任置於腳下踐踏，妳說，我留妳何用？」

第一百五十六章

【除名】

那道聲音不大，卻直直的刺進阿影心裡，冷意再從心裡散出來，直達四肢百骸。

「屬下惶恐……」

「世子。」另一道略顯低沉的聲音插進來，「流影保護世子側妃不力，理應受罰，但請世子念在流影傷勢未癒，後也將那近身世子側妃的狂徒處死，從輕發落。」

「從輕發落？」

烏雲散去，月色重新鋪灑下來，映出一張英挺雋逸，卻飽含無盡冷然的面孔，正是鎮北王世子，袁授。

「發生這樣的事，讓她受盡驚恐，若那人還能活著，不止流影，你們全體影衛都可以去死了。」

說話之人立時單膝跪下，「流火知罪！世子息怒，還望世子以身體為重……」

阿影怔怔的跪在那，流火的求情聽在她耳中彷彿異常遙遠，直到眼前滴落了一滴刺眼的紅，她才驚覺抬頭，「世子受傷了！」

在月光的映襯下，阿影的臉色不似以往那樣黯淡，反而雪白細膩，有如新瓷，一雙眼睛美麗而明亮，微微上揚的眉梢帶出幾分驕蠻的可愛，這與往日的阿影根本就是兩個人！

看著她的面孔，袁授盡斂情緒的眼中劃過一絲波動，緊吊了數日的心也微微有些鬆動。

她平安了啊……

他去看了她，確定她已經平安了啊，怎麼還是這麼擔心呢……

宣城的總攻在即，他計畫的事情也初現端倪，或許只須一、兩個月，他就可以心滿意足。如此緊要的時刻，他本不該回來的，可收到那樣的訊報，他固然人在那裡，心也早就飛了回來，既然如此，何必還要在那裡繼續盲目擔憂？

雖隔千里，但在良駒寶馬不斷替換之下，也不過兩日之程。雖然冒險回宮不是什麼明智之舉，甚至還因此受了傷，但總是見她安好，他的心情才算微有平復，比起初收訊報之時的驚惶震怒，不知要好上了多少倍。

「出宮時被王爺身邊的暗衛所傷，所幸箭上無毒。流影，快替世子包紮！」趁著袁授靜靜出神，流火小聲提示流影。

流影的身子剛剛一動，袁授受傷的手已背了過去。「不必。」

流影眼底一黯，穩身又跪了回去。

「流影，妳是我親自選的人。」袁授的聲音響起，比起剛才已柔和得多了。

流影心中一喜，面上卻不敢露出半分，恭恭敬敬的答道：「是。」

「妳知道我為什麼獨獨選了妳嗎？」

流影抬頭，張了張嘴，袁授已微傾下身子，伸手勾住她的下頷。

「就為這張臉……」

袁授目觸之處，那剛剛還帶著三分血色的美麗容顏驟然慘白，又勾起了他許多往事。

「當年妳也是這樣，在那些淘汰下來影子之中，臉上沒有一分血色，卻像極了她害怕時的樣子……」袁授聲音漸低，「我怎麼捨得看她受苦呢？所以我是一定要救妳的……」

「世子……」流火不忍見流影難過，再次出聲。

袁授沒有責怪流火，輕輕的放了抬著流影下頷的手，「這些事我從未瞞妳，妳的作用是什麼，從妳到我身邊起的第一天，妳就知道，是不是？」

流影握緊了雙拳，她知道卻沒有應聲。

袁授似乎並不在乎她的回答，逕自道：「從妳受訓的第一天起我就告訴妳，妳的存在，是為一個叫顧晚晴的女子，若有需要，妳要為她而傷，為她而死，甚至扮作她，做她一切不願做的事……流影，妳可知道我為妳破了多少先例？任何妳不願意的事，有可能受傷的事，我都絕不許妳去做，哪怕妳是最適合的人選，我卻寧願多損數人也要保妳的周全！妳以為為什麼？為的是妳嗎？」

流影雙肩輕顫。流火已垂目下去，不忍再聽。

袁授卻沒有絲毫打住的意思，瞥著她的面容，眼中再無波動。「我為的是妳這張與她有五分相似的臉。」

閉了閉眼，雖明知答案，可聽他這麼明明白白的說出口，流影心中仍是錐心難耐。曾幾何時，她以為他對自己縱然無情，也是有心，不然怎肯這般護著自己周全？在那樣的環境，稍犯錯便是極為嚴酷的懲罰，可她就算犯錯，也都能逃過懲處；她也替人求過情，他稍加斟酌，能放過的他都不會深究，這還不是對她另眼相看嗎？這還只是單純的睹容思人嗎……

她控制不住自己的心情，流火勸誡過她無數次，那又有什麼用？他的影子在心裡越扎越深，此生都消除不去了。

「屬下……知罪……」流影艱難的開口，「屬下沒能及時保護側妃……」

「妳以為妳現在還能再自稱『屬下』嗎？」袁授淡淡的開口，清冷的月亮映著他的臉色，令他的眼底更為無情。「我不怪妳動了不該動的心思，可妳萬不該……心存僥倖，有意拖延相助時機，眼看著她……受辱於人下……」

流影猛然一個哆嗦，眼中多了些未知的恐慌。

袁授則比之前更為沉靜，「流影，妳有多大的能耐我清楚，就算妳受傷，想要護她也絕非難事。此番若非她有奇遇在身……妳要她如何再面對於我？還是說，這就是妳的目的？」

「世子！」

眼看著袁授稍稍向流影逼近一步，流火改單膝為雙膝跪下，膝行至袁授身前，急道：「流影斷不會有如此打算！流影！妳速與世子道出當時情況……」

「好啊。」袁授瞥一眼滿面急色的流火，視線轉身流影，「妳說。」

看著流火目中的苦求之色，流影知道他要她說出對她有利的情形，可當時……她苦笑，心裡的害怕都少了許多。

當時，她是希望顧晚晴出事的吧？所以她才會在發現了室內迷香後沒有即刻出面，而是有意多等了一刻鐘才出現，她想，如果當時那個男人真的做了什麼事，那麼顧晚晴還有什麼顏面站在世子的身邊！到那時……到那時……

他明知她負了那樣重的傷，卻未去看過她一眼，又要她帶傷奔回京城，只為了一個女人。數年的疼寵，都因為那個女人的出現，瞬間煙消雲散了，她心裡怎能無怨？

「世子所想……半點不錯。」

「流影！」流火極為震驚的看著流影，並非他不信流影會做出這樣的事，只不過她怎能當場承認！

流影卻似全然放棄一般，點墨般的雙眼慢慢對上袁授的，「她哪裡好？跟在她身邊數日，只覺得她蠢笨無比，屢屢陷自己於險境之中。這次的事本可以避過，她卻執意前去另一個男人的邀約……難道世子都不在意？這些日子我見她悠然自得，並無半點思念世子之意，這樣的女人，何得世子傾心至此？」

袁授的目光與她對視良久，以往覺得最為相似的雙眼竟然透著全然的陌生。

「她……的確不怎麼好。」袁授的聲音不重，但其中的不可置疑卻是任誰都聽得清楚。「只不過我認定了她，認定那個將我帶回世俗之中，全心教導呵護的女人。當年我神智未開之時，父王以美色惑我，我雖然不懂，卻也希望那個與我肌膚相親的女子……可以是她。至於她對我……」說著，他目光略沉，「人心難度，我能將她留在身邊，已是滿足了。」

這樣感觸的一番話他本可以不說，可他偏偏說了，還是對著流影在解釋，流火心中頹然，知道流影今日嚴懲難逃，只希望能留她一條性命了……

流影聽了這番話，眼中略顯茫然，再一眨眼，兩行淚水欷然而下。流火見了心中一驚，想要制止她，卻哪裡還來得及。

影衛只要忠心，哪需要這麼豐富的感情？這串淚水一下，哪怕世子不再追究將流影從影衛中除名一事，流影也再不能留在影衛之中了。

袁授的眼中仍是平靜至極，好像沒有見到那兩行淚水一般，轉過身去踏上進入中堂的石階。

「妳該慶幸她得以全身而退。」

隨風飄來的一句話，流影慘笑出聲。

這是饒了她的性命嗎?可她明白，她是再也無法留下了。

被廢除武功、施以刑罰後逐出影衛是什麼樣的下場?恐怕比死好不了幾分!

「如果她有朝一日知道世子為了留下她無所不用其極，甚至利用她的養母一家，不知她會做何想法!」

即將入門的袁授腳下一頓，半側了身子回望過來。這樣的姿態，更顯得他身形頎長身姿如竹。

流影心頭一顫，揚唇而笑，眼中卻是淚流如注。

「我為她死過了!當日世子要我送她出關，箇中真相卻是連我也瞞下了，那個任務為什麼要流雲去出?他面目與傅時秋極像，便是培養來以便有朝一日可當重用之人!可世子卻讓他去執行那樣一個任務，他又恰恰死了，令得王爺認為劫走她的是傅時秋……當時我們一行日夜兼程少有懈怠，已是極快的腳程，喜祿為何會那麼快便帶人追上來，不問緣由當場射殺?此間種種，難道不是世子為了留下她，故布疑陣，用以取她信任的辦法嗎?」

第一百五十七章

【離間】

顧晚晴覺得有點悶了。

自那天發現了碧璽手鍊後她就再沒出過門，生怕因為出去閒逛而錯過了與袁授見面的時機，可已足足過去七天，袁授都並未露面。

若不是腕上的手鍊提醒她這一切都是真的，她幾乎以為自己出現了幻覺。

這麼多天了，就算他曾經回來過，現在也必然已經走了吧？

顧晚晴不死心的又等了一個上午，用罷午飯後，便又出院遊走，目的地仍是御花園。

雖然只隔了七天，但時下天氣已然回暖，之前只有零星綠色點綴的御花園一下子變得生意盎然，不過仍是無花。

顧晚晴到了御花園後，看似隨意的走動，卻領著那一群監視的宮人們慢慢朝御花園北角移動，這裡並無其他植物，只有幾棵夾竹桃。

幾天前她來這的時候，這幾棵夾竹桃還未抽芽，現在卻已經冒了新綠，顧晚晴也不耽擱，像前幾天那樣慢慢的擺弄著那些枝葉看，看了沒一會，便說要回去了。

第二天、第三天，顧晚晴又來了兩次，回到宮中便立即以水淨手，又將那些水收集起來，以備後用。

該是差不多了吧？看著屋角那半盆表面無礙的水，顧晚晴琢磨著也是時候該見見鎮北王了。

水月庵一事雖然以劉側妃賜死告終，但袁攝終究是毫髮未損，看起來鎮北王對他也未見多少猜忌，這種現象可不太好。不過顧晚晴也有自己的打算，她回來是要幫袁授的，雖被軟禁，但也不能坐以待斃。

正想著有沒有什麼好法子能比較自然的見到鎮北王，那邊便有內侍來傳道：「王爺請顧側妃至御書房一行。」

顧晚晴精神一振，立時收拾整妝，並仔細在那盆水中洗了手，看著自己掌心那對日益紅豔的紅痣，她淺淺一笑，又重新整過衣裳，摸摸腕間的手鍊，這才肅容而出。

從她住的地方到御書房距離不近，顧晚晴跟著那內侍足走了兩刻鐘的時間，才望見御書房的朱紅大門。

「顧側妃稍候。」

內侍進去通傳，顧晚晴這時才輕輕的舒了口氣，走了這麼久，她的心跳得厲害，又時常有心跳紊亂之感，讓她一陣陣的覺得虛弱。

是不是毒性過重了？

她想了想，手已不自覺的摸到了天醫玉，可頓了一頓，她終是又將天醫玉收好，這本就是慢性之毒，若沒有實際症狀，怎能取信於人？

只不過終究是耽擱得有點久了，毒素在身體裡存在這麼久，縱然事後可以完全釋出，可若說對身體完全沒有損害也是不可能。

雖然明白，她也不是不珍惜自己的身體，但只要一想到袁授那日犯病時的淒厲模樣，她便覺得一切都是值得的。

等了一會，那內侍轉出來，說道：「王爺請您進去。」

不得不說，縱然軟禁，她這些天來卻沒受到什麼苛待，除了衣食俱應，那些宮人們待她也有禮，並不如想像中那樣冷漠。

顧晚晴收拾好心情進入御書房內，室內除了端坐於御案後的鎮北王外，還有兩人。一個是幾天不見已然瘦得下巴削尖的袁攝，另一人身著一襲青袍僧裝，卻很是讓顧晚晴意外，竟是顧明珠！

顧明珠雖著僧袍，一頭柔順青絲卻是絲毫未損，腦後挽了個簡單的髮髻，其餘散髮隨肩垂落，端的清淡出塵。她的氣色看上去極好，幾個月沒見，竟似乎還圓潤了些，比之前那般弱質纖纖的造型順眼不少。

此時她也正打量著顧晚晴，目光落至顧晚晴盡數盤起的髮髻之上，勾脣笑了笑，那笑容中總似有些說不清、道不明的意味，讓顧晚晴心生厭惡。

「妳來了。」鎮北王並未抬頭，只聽了腳步聲便開口：「仙姑，妳說吧。」

沒留給她行禮的時間，顧晚晴也樂得清閒，不過在聽到鎮北王的稱呼時仍是險些失笑。

仙姑，她還八仙過海呢！

顧明珠似乎沒見到她臉上的笑意，上前來語笑盈盈的道：「多日未見妹妹，妹妹神采依舊。」

顧晚晴卻馬上退後一步，笑著道：「仙姑失言了，我只是一介凡夫俗子，怎能與仙姑姐妹相稱？聽聞仙姑身繫江山社稷，這更非我等小民可以高攀的。」

面對她的嘲弄，顧明珠反而笑得更加隨和：「說起來，我能有今日的聲望還全靠妹妹所賜，妹妹切莫與我生分了。」

顧明珠自從擔上這「仙姑」之名後，多有京中貴婦前去求福緣，一來二去，她也造出些勢頭。原本顧晚晴看中的就是她的人脈，再加上現在的勢頭，行起事來要方便不少，可沒想到，還沒和顧明珠見上面，她就送了一份這麼大的見面禮！

顧晚晴輕輕一欠身，連道不敢，卻也不追問顧明珠想要說什麼，只是「偶然」間一抬頭，對著鎮北王皺了皺眉頭。

「王爺……」顧晚晴行近了兩步，細細看著鎮北王的面色，不太確定的道：「王爺可否能讓兒媳一問脈象？」

鎮北王一愣，目光有意無意間掃過顧明珠。

顧晚晴即時道：「若王爺不放心，可著仙姑與我一同問脈。」

「可有什麼不妥？」

顧晚晴搖了搖頭，「仙姑醫術高絕，一問便知。」

她說得含糊，此時的鎮北王卻是極在乎身體，再說他本就信任顧明珠，既然顧明珠在場，他自然是寧可信其有。

「來吧。」

鎮北王將左腕置於御案之上，右手仍拿著奏摺在看，可在顧明珠過去按住他的左手手腕時，顧晚晴也走過來，不由分說的捏住他右手手腕。

「顧氏！」

鎮北王眉間剛蹙，顧晚晴拎著他的手腕欠了欠身，「兒媳只是驗證自己的想法，不會妨礙仙姑問診。」

顧晚晴與顧明珠一人一邊的問脈，很快顧晚晴就鬆了手，原先微現蒼白的面孔重新回復紅潤，臉上的笑容也多了些。顧明珠則是越診面色越沉重，最後放下鎮北王的左手，半晌不語。

鎮北王擰著眉頭，「何事？」

顧明珠退回原來的位置，神色複雜的看了顧晚晴一眼。

顧晚晴淡淡一笑，「仙姑超脫世俗，竟有些話也不敢說嗎？王爺身體不錯，只是中了毒。從王爺的脈象看來，此毒劑量不大，不過累積頗深，應是每日用以毫釐，長時間用下來的慢性毒藥，王爺最近是否常有胸悶心悸之症？又常常精神難以集中，極易疲累呢？」

「中毒！」鎮北王陡然起身，可因為動作過猛，腦中一陣暈眩，胸口竟真如顧晚晴所言堵得厲害，心跳紊亂，沒一會就出了一層的虛汗。

待鎮北王重新坐下後，顧明珠細聲說道：「王爺的確有中毒之象，明珠醫術疏淺，未能及時察覺王爺中毒一事，還望王爺恕罪。」說罷，跪了下去。

鎮北王面色既黑且僵，不過剛剛的一瞬緊張已然消散無蹤。「本王所中何毒？能否查出是從何時開始中毒？因何中毒？」

顧明珠又看看顧晚晴，顧晚晴輕輕的福了福，「仙姑不必看我，王爺對我心存疑慮，怎會信我？一切還是仙姑說明吧。」

鎮北王面色一沉，但也沒說什麼。

顧明珠想了想道：「依王爺脈象所看，王爺似乎中了夾竹桃的毒。夾竹桃原料易得，且毒性很強，一片葉子便可令嬰孩喪命，可如今王爺只是突感不適，應該是中毒尚輕。不過妹妹有句話說得不錯，此毒積日已久，不然服下便已會有所反應，斷不會毫無預兆的突現，王爺可徹查吃穿用度，此毒應用極廣，既可下於飯食之中，亦可製成粉末，散於空氣之中。」

聽了顧明珠這番話，鎮北王瞥著顧晚晴的目光才微微轉開，只是他面色更為陰冷，周身都散發著森森寒意。

積日已久……那便不會是她……自己身邊的人都是效死命之人，絕不會有受人收買這一說，而袁授居外已久，也不會是他。那麼……還有誰既能接近他，又希望他死？

目光掃過一直置於案頭未曾發出的一本奏章，鎮北王堅毅的脣角緊抿。劉氏一族雖說得他信任，可自從入京，將邊關要事全數交於劉氏一族後，他們已然隱含居功之意，年後更是六、七道摺子上請袁攝前往戍邊，這種時候他除非是傻了才會把袁攝派回去，讓他坐擁兵權居外不歸！所以他一直將摺子留中未發，直到劉側妃一事事發，他以此為名召劉側妃之父劉光印回京，可八百里的加急發出，得回的卻是劉光印稱病請求暫緩歸朝的回應！

這還不是想擁兵自重嗎？

如今宣城城破在即，只消大局一定，他便可以正式登基，但如果在城破之後他就死了呢？屆時劉光印便可自恃兵權擁立袁攝，雖說他心中早已屬意袁攝為繼承人，可……怎容得袁攝以這種方式逼宮！

短短瞬間，鎮北王心思三轉，視線由顧晚晴、顧明珠和袁攝面上緩緩滑過，最後仍是落在顧明珠面上。「本王的毒暫時無礙是嗎？」

顧明珠低頭稱是，「但斷不可再重了，否則有傷臟器。」

鎮北王點了點頭，「妳們先出去。」說的是顧晚晴與顧明珠。

顧晚晴沒有絲毫停留，轉身出了御書房，顧明珠隨後。二人在御書房前站定，顧明珠心事重重的看著顧晚晴，「想不到妹妹的醫術竟已到達如此地步，我與王爺對面多時，卻並未察覺他有何異樣。」

她的話中很有敬服之意，顧晚晴卻哼笑：「所以說，我是天醫，妳不是。」

第一百五十八章

【城破】

相對於顧晚晴的不客氣，顧明珠顯得要隨意許多，她輕輕一笑，更顯溫柔婉約。「妹妹何必如此態度？姐姐正是因為聽說妹妹身陷宮中不得而出，所以特來相助。」

「相助？」顧晚晴也跟著一笑，「如何相助？」

顧明珠的笑意濃了些，「我已與王爺說，我夜觀天象，妳若住到京外去，可使主星璀燦，王爺也已然允了。」

「那我還真是得多謝妳了……」看著她面上從容淡定又信心十足的笑容，顧晚晴目現嘲色，回道：「只不過我這人怕死，我可擔心出了京，再被妳害死。」

顧明珠美目流轉，「妹妹指的可是之前的事？在水月庵中，我的確是藉聶公子的衣裳引了妹妹出來，不過妹妹難道沒有想過，我為何會有那件衣服，又為何知道當年的過往？」

顧晚晴看著她，沒有說話。

顧明珠便又道：「自然是因為聶公子告訴我的。我引妹妹出去的目的，原也是因為聶公子回京，拜託我安排他與妳見上一面。那衣服，便是他給我以便取信於妳的東西。不過我也只是做了引妳出來這一件事情而已，其他的事，則是由二公子安排了。」

聽了這話，顧晚晴心中一怔，難道說……聶清遠真的回來了？

「至於那陷阱嘛……」顧明珠柔柔的笑道：「之前的事，姐姐可還是記仇呢，這麼做一來是了結妳我之間的恩怨，將來合作起來也好也無嫌隙。二嘛，則是想看看妹妹的急智，我可不想將自己的未來壓到一個蠢人手中。」

合作？若是早上幾天，顧晚晴一定十分欣喜聽到這兩個字，可現在？哼！

顧晚晴承認自己曾不利於顧明珠，可那無關性命，而顧明珠卻是實實在在的想毀了她！什麼了結，什麼試探！如果她過不了那一關，這一切說辭都是枉然！

「顧明珠……」她瞥著緊閉的御書房大門，「縱然妳說得冠冕堂皇，我也不願再與妳合作了，妳心思陰狠更勝蛇蠍，我與妳本不是一路人，以前不是，以後仍然不是。」

「哦？」顧明珠臉上笑容依舊，「妳確定？妳不想知道聶清遠回來是為了什麼事嗎？妳不想知道王爺對我的信任到達了何樣的境界嗎？妳確定妳不想……為袁授謀劃的大事再添我這個助力嗎？」

說到最後，顧明珠的聲音已低不可聞，可顧晚晴仍然抓到了「大事」這兩個字，看向顧明珠的目光中再也無法沉靜。

「聶清遠的舊識並非只我一個，他的事和我有什麼關係！王爺對妳信任多少又與我何關？至於妳……」顧晚晴隱隱聽到自己磨牙的聲音。

「呵……」顧明珠低頭看著自己身上的僧袍。「若我與妳說……世子幾日前才與我會過面，妳會不會更驚訝？」

聽到這裡，顧晚晴面色頓時一變。

顧明珠的笑容卻是更為愜意，她柔脣輕抿，緩緩吐出幾字：「看來在世子心中，我的地位比妹妹想像中更重呢。」

「是嗎？」顧晚晴想笑笑以表達內心的雲淡風輕，可醞釀了半天，嘴角就是翹不上去，最後索性放棄，寒著面孔道：「那仙姑可要為世子鞠躬盡瘁死而後已了，莫要辜負了世子的一番情意！」說罷，她站正身子目不斜視，再不說話。

袁授，該死的袁授！

她心中的怒意並非因袁授去見顧明珠而來，而是因為，他「見到」了顧明珠，卻不知為何只塞了手鍊給自己。他明明可以叫醒她的，但他偏偏沒有！

難道他認為多日的思念不及她的睡眠重要？扯淡！

顧晚晴努力平復著怒火，卻也並未忽略顧明珠與御書房內的動靜，鎮北王與袁攝說話也有一陣子了，不知結果如何。

又過了約莫一刻鐘，御書房大門由內開啟，一臉沉重之色的袁攝走了出來，他站定於御書房外，鄭重其事的向書房內叩首三次，而後起來，看也沒看顧晚晴二人，就那麼徑直走了。

這是什麼意思？

顧晚晴正琢磨著，喜祿出來與顧明珠道：「王爺請您進去。至於顧側妃一事，王爺已然允了，可即時出宮，不必謝恩了。」

這倒好，顧晚晴雖然拒絕了與顧明珠合作，但出宮這件事她是不會拒絕的，她現在只是擔心袁攝。算起來劉側妃是因她而死，她可不信袁攝有這麼寬大的心胸會放過她。

斟酌了一番，為了避免自己一出皇宮就被一枝冷箭射死，顧晚晴隨便差了個宮人去王府面見王妃，告訴她自己正準備出宮的消息。

劉側妃死了，這在王府來說也算是大事，王妃定然了解她現在的處境，現下她不相信顧明珠，那麼可以求助的唯有王妃一人了！

王妃派來的人來得很快，顧晚晴本以為自己會見到阿影，可來的卻是四個並未見過面的精瘦漢子，那幾人於宮外接應，見到顧晚晴便將她安置在馬車之內，送回王府。

從皇宮到鎮北王府，這一路順利得讓顧晚晴幾乎認為自己多心了，也許袁攝根本沒打算要殺她，純粹是她自己杞人憂天。

回到王府後面見王妃，顧晚晴並未提劉側妃的事，只是簡單的問了安，王妃也十分平靜的應對，好像劉側妃這個人，從未在她們的世界中出現過一般。

離去前，王妃道：「王爺派袁攝返回邊關，這件事總透著蹊蹺，妳可知為什麼？」

顧晚晴一愣，這才知道鎮北王竟然同意袁攝在這個時候離京？果然詭異啊！不過她也才從宮中出來不久，王妃卻已早得到消息，可見王妃在鎮北王身邊同樣安插了眼線，不過之前說了那麼多，王妃並未提到鎮北王中毒一事，可見那眼線的情報也不夠全面。

當下顧晚晴便將鎮北王中毒一事說了，只見王妃面色由驚訝漸轉為恍然，最後現出一抹淡淡的笑意。

「如此……甚好……」王妃輕嘆一聲：「近日王爺因劉光印不肯回朝一事時常憂心，本就身體不佳，多虧了妳，及時發現王爺中毒一事，否則，還不知要拖到哪天去呢。」

話雖這麼說，顧晚晴卻絲毫不敢居功，更不敢提自己就是下毒的那個人，不過她對著王妃那了然的目光總是彆扭，就好像她做的這點事……早已被王妃悉數洞察一樣。

不過王妃的話，也讓她一直想不通的事變得明白起來。顯然這種時候鎮北王是絕不應派袁攝出京的，尤其出京投奔的還是袁攝的外祖、拒不回朝的劉光印家，但他卻真的讓袁攝去了，這就值得深究了。

會不會是……試探之舉呢？

因為中毒一事，鎮北王對袁攝心有疑慮，所以藉由此事考驗袁攝有無二心，如果袁攝並無異心，自然會因避嫌一力推辭；如果他痛痛快快的奉命而去，那麼……

現在看來，袁攝是領命了，難道他就不知道這是一場試探之舉？難道他不擔心一出京城就被鎮北王擒住，再做不了自封為王的美夢了？還是說他早已料到，卻不得不領命，因為無論鎮北王相不相信是他下的毒，這都是他最後一次名正言順的出城機會了？

最後這一點，顧晚晴是回了自己的院子才想到的，越想越覺得有可能，這也是為什麼袁攝連看她一眼的時間都沒有，放她安然出宮的原因所在，他急著跑路啊！哪還有心思管她！

看來鎮北王的猜忌之心比她想像中更為嚴重，別說袁授，就算向來信任的袁攝，一旦可能有異心，他都是寧殺錯不放過的。

回到院中，顧晚晴見到久別多日的青桐與冬杏，時隔數日，卻似過了幾年一般漫長，冬杏見到她便撲過來哭，青桐也紅了眼圈，時不時的抹淚。

「怎麼不見阿影？」數次相助，顧晚晴還是挺惦記她的。

冬杏搖頭道：「那天倒是和我一起回來了，可隨後就不見了蹤影，我本以為她去了王妃那裡，但之後她就再沒回來過。」

這倒怪了，顧晚晴想著阿影是王妃的人，還是早日與王妃說明的好，不過今日卻是晚了，便回房洗漱歇息。

臨上床前，將青桐叫過來，顧晚晴拿起枕旁的一個小匣，拉開來裡面是一些契書。

顧晚晴很快找到了需要的那張，隨手遞給青桐後，輕嘆了一聲，「那天，多謝妳肯冒險送信，我也完成我的承諾，放妳自由。」

看著那按著手印的賣身契，青桐並沒有多麼激動，只有三分感慨。看了一會，她轉身到燭臺旁將那賣身契懸至燭上燒了，直到連紙灰都散得乾乾淨淨，她才轉過身來，對顧晚晴輕輕一福，繼續擺枕掃榻，一如既往。

袁攝終究是走了，並且一去無音訊。王府裡沒了劉側妃，王妃仍是不大管家事，將事務都交給金氏和顧晚晴打理。

顧晚晴也因為少了袁攝在旁而倍感輕鬆，至於顧明珠所說的出京居住一事，被她無視了，鎮北王大約也很忙，並沒有派人來責問她為什麼還不出京。

時間過得很快，轉眼已進了三月，初春的最後一絲寒意已完全散去，只剩和煦的春風日日吹來，碧湖細溪，春暖花開，天地間一下子變得明亮起來，也讓人的心情跟著輕鬆不少。

顧晚晴也很好，除了一直埋怨袁授做事不厚道外，此外全都很好。

三月十五，南線傳回戰報，聶賊垂死掙扎與鎮北軍交戰於宣城之外，鎮北軍完勝，世子袁授入城尋找聖駕，不料聶伯光挾聖駕自毀於行宮之中，世子奮不顧身衝入火場，雖救出聖駕，但因聖駕傷勢過重，聖上駕崩，聶伯光身死，太子身受聶賊極刑形同廢人，而隨駕南下的皇族宗室，多有損傷。

第一百五十九章

【爭取】

接到這個消息的時候，王妃和另一位側妃楚氏，帶著王府內的侍妾、兒媳婦一同入宮「勸慰」鎮北王節哀。顧晚晴沒去，她怕一不小心見到鎮北王當眾笑出來，那就不好下臺了。

她很憂心啊！

宣城告破，這是誰都預料得到的事，泰安帝死了，太子廢了，皇室宗親四散，聶伯光也死了……換句話說，所有能阻礙鎮北王登基的人都不在了。

那袁授呢？他是因為得到了袁攝外放的消息，知道袁攝失信於鎮北王，所以才將宣城之事做得這麼完美嗎？可沒人知道他回來後等著他的會是什麼，是太子之位？還是鎮北王消散不去的猜忌之心？而袁授籌謀的「大事」進展是否順利？她都不得而知。

這麼說來，他也快回來了吧？摸摸胸口的玉珮，顧晚晴腦子裡不可避免的又浮現出顧明珠曾經對她說過的話，心裡一堵，難免有幾分不快。

「夫人。」青桐由門外進來。「五小姐來訪。」

顧晚晴皺了下眉，「我不見她，隨便找個理由回了她。」

不管顧明珠前來所為何事，顧晚晴都不打算再與她打交道。

青桐沒動，只是平靜的繼續道：「五小姐說，如果夫人不見她，那就傳給夫人一句話，前任右相范敏之。」

范敏之？顧晚晴心中一動，此人袁授與她交代過，正是袁授求而不得的助力之一，他曾說過這范敏之在之前的朝堂爭鬥中學乖了，在大局未定前不肯輕易表露意向，眼下鎮北王登基在即，是大局已定之勢，此時再想爭取他的支持實在困難，但顧明珠既這麼說……

呿！雖然不想承認，但顧晚晴明白，定是上次袁授與顧明珠見面時透露了什麼，其中這個范敏之就是關鍵，所以顧明珠今天才有此一說。

也就是說，要搞定范敏之嗎？顧明珠特地來傳這話是什麼意思？是來炫耀？還是來尋求合作？

想了想，顧晚晴起身道：「走，去見見她。」

青桐立時在前引路，不過等她二人到了前廳中堂時，那裡早已人去屋空了。

「罷了。」顧晚晴輕輕一瞇眼，「她來定然也沒安什麼好心思，我阻止她嫁給世子，她定是要報復回來的，這次大約是來看我的笑話。」她可沒忘，左東權曾說過袁授的另一樁聯姻事誼，說的正是范敏之家！屆時顧明珠以大局為重的帽子壓下來，縱然袁授無心，但他身邊的人，跟著他出生入死只求功成名就的那些人，豈會眼睜睜看著這個大好的拉攏時機白白浪費？

她反對？難道不怕袁授與他的一眾親信離心離德嗎？

看來這件事還得提早預防才好。

「妳去打聽打聽，看看范家最近有沒有什麼大舉動，在外打聽不到，就約大夫人房中的翠茗一同去，她和一些夫人身旁的大丫鬟都有點交情。」

青桐立時應聲，回廚房拿了一盒新醃的糖漬烏梅轉身就去了。

顧晚晴則心事重重的回了房間。她之前倒也刻意打探過范敏之這個人，但收到的種種訊息大致上都差不多，就是這老頭很不好弄。

其實……她也不是沒有辦法。

看著潔白手心中的那一點朱砂，顧晚晴輕輕的握上拳頭，倚靠在貴妃榻上，閉著眼睛許久沒有出聲。

她似乎很久都沒用能力救過人了，都是害人！上天給了她這樣的優勢，就是用來害人的嗎……

不！顧晚晴猛然睜開雙眼，她害人，是因為別人要害她；她害人，是因為那人對袁授犯下了不可饒恕的罪過！她喜歡袁授，與他兩身一命，幫他報仇，幫他成就大業，有什麼錯！

對，她沒錯！

看來只須找機會見到范敏之就好，管她顧明珠用什麼手段！顧晚晴堅信，沒什麼比自己的性命更重要，在生命面前，任何事物都是渺小的！

當天晚上，青桐打探消息回來，得知范府最近正準備著一場牡丹花會，聽說是由范府的孫小姐范靜怡牽頭，請了京內許多名淑參會，聲勢不小，這與范家向來的低調謹慎之風大不相符。而青桐又在翠茗的刻意打探下知道這場花會雖只請了官員王侯家眷，可實際上卻是范府在為另一位孫小姐范靜韻選婿，請來家眷是請她們先看看范家女兒的淑女風範。

「范靜韻……」顧晚晴微一揚眉，「可是新寡的那個？」

袁授說過，范家只有兩個未出閣的女兒，一個年幼，另一個新寡，眼下要選婿的，定然是新寡的那個。

青桐一愣，點頭道：「正是，範靜怡是十三小姐，是范家最為年幼的姑娘，今年不過十三，雖打著她的頭名，但也只是為了好聽而已。范靜韻是九小姐，但並非新寡，只是和離了而已，她四年前嫁到兩川，聽說是去年年初夫家犯了過失被先帝問罪，念及范相的功勞，特許范九小姐和離回京，與夫家脫了關係不必被牽連。」

「原來如此……」顧晚晴失笑，「既然都是夫家的過錯，那想來她的行情定會不錯。」

青桐笑道：「是啊，翠茗打聽到許多人都慕名前往呢，不過身分都不高，雖然也有許多貴夫人參加，但著重參考的幾個俱是繼室或是世子側妃之位，縱然范家名聲不菲，但想來王侯之家也不會要一個和離過的女子做正室吧。」

顧晚晴點點頭，只聽青桐又道：「聽說王妃也受到了邀請呢。」

意料之中的事。范家現在已在待價而沽了，將來無論是誰登基，只要范家表示全力支持，上位者定然不會薄待，他們現在就是在為將來打基礎，而這位范九小姐的歸宿很有可能是一個指向標，自然是人人都要爭取。

王妃也是想爭取到這個兒媳婦的吧？畢竟會省了袁授不少的力氣。

顧晚晴心中長嘆，自劉側妃、袁攝相繼出事後，王妃對她的態度極好，但再好，也不妨礙王妃生出替袁授再收幾房的心思。而說起來，王妃唯一的敵人是鎮北王，細數京中名貴，哪個身分還能高過王妃？只是鎮北王，他也是要爭取范家的支持！

不過現在他的需要應該不像之前那麼急迫了，畢竟泰安帝死了，一切已成定數，就算范家不支持，他也多得是時間慢慢料理他們！

這麼一排除……范家的目標也很明白了，就是王妃無疑！范敏之不喜鎮北王涼薄，袁攝又失寵旁落，現在唯一能支持的只有袁授！他應該已有決定，只是透過這個方法，來讓自己的支持更加名正言順而已！

這麼說來……這個牡丹花會她是混不進去了，王妃防著她還來不及呢。

一定要拿下范敏之！

顧晚晴揮手讓青桐出去，細想自己該做何種應對，花會的時間定於四月初，還有半個月，她能阻止這位范九姑娘進入袁授的視線之中嗎？想來顧明珠今天前來就是想告訴她這件事吧，順便看看她傷心狼狽的反應。

如果阿影在就好了。阿影身手俐落，更方便探查范敏之的行蹤，可她問過王妃，王妃只道阿影親人過世急於回老家奔喪，歸期無限。

「夫人。」冬杏敲門進來。「王妃回府了，請您過去說話。」

顧晚晴神情微黯，但還是打起精神整裝前往。

顧晚晴到了王妃處，不出她所料，王妃果然說了牡丹花會之事。

「我知道妳與授兒新婚燕爾，對這樣的事難免反感。」王妃豐潤柔美的臉上劃過幾分悵然，「不過妳是個懂事的孩子，應該明白事分輕重，有些時候，無可奈何是很尋常的事情。所幸授兒對妳感情深厚，將來也定不會待薄於妳，范氏縱然進門也不過是側妃之位，與妳平起平坐，加上授兒對妳的感情，妳總不會吃虧。」

聽著王妃的話，顧晚晴縱然有準備，心裡還是不免失望。另外，她也沒想到王妃會說得如此直白，看來應是與范家已經達成某種協定了。

站起身，顧晚晴低頭一福，「是。」並不反對。

她的反對有用嗎？顧晚晴心裡自嘲一笑，眼下袁授不在，她自己的反對又能有什麼用！不過她早說了，她是斷不會同意袁授再娶！

出了王妃的院落後，顧晚晴並未見怎麼急躁，反而是冬杏一直不痛快，覺得顧晚晴才進門幾個月，王妃就開始欺負她了。

顧晚晴聽了她的嘟囔笑道：「急什麼？還有的是時間，只要在這期間我能見上范敏之一面，就有把握說服他留著他那個和離的孫女，少往有婦之夫的身邊塞！」

冬杏愣神的工夫，顧晚晴已經走遠了。

回了院子後，顧晚晴便悄悄使了青桐回顧家，找顧家的代家主幫忙打聽范敏之的出行情況。

不過三天，顧家便送來范敏之的日常行程表，密密麻麻的寫了好幾頁，吃喝拉撒習慣活動鉅細靡遺。這就是顧家的好處，只要你是京中要員，只要你家裡是用私人大夫，都逃不過顧家的消息網。不過顧晚晴把那幾頁記錄仔仔細細的看了一遍，卻不禁氣結。

這老頭！一天到晚根本不出家門，什麼會友會客全在家中，連春遊活動都沒有，就像外邊有大老虎等著吃他似的！

這可怎麼辦？難道登門拜訪？顧晚晴搖搖頭，這可不是什麼好主意。

在家為難了兩天，離牡丹花會可就只有十天的時間了，顧晚晴說是不急，但每天都扳著手指頭數日子，同時繼續苦想，有沒有什麼辦法能把這老頭從家裡弄出來。

她又想了兩天，引老頭出洞的計畫剛有點苗頭的時候，一件事將京中所有人都驚得措手不及，尤其是鎮北王。

鎮北王這段時間很舒服，就等著袁授班師回朝，然後他上演一齣哭帝戲碼後，由眾臣力擁登基，他連登基後第一件事要做什麼都想好了，可就在這個時候，一個消息將他的美夢徹底驚醒了。

袁授回京了。

這本沒什麼，算算時間，破了宣城後去掉傳回消息的時間，他也該這幾天進城了。可袁授回是回來了，卻沒進城，就駐在京外二十里處。另外，還有一件事是上次的總結報告中沒有提到的，救出先帝後，先帝曾彌留一日，並留下一紙遺詔，袁授此次正是身負遺詔，於京外等候鎮北王率眾臣百姓出城，迎回詔書！

第一百六十章

【遺詔】

遺詔！

一個打著救駕旗號行弒主之名的世子，居然得到了皇帝的一張遺詔。

這實在是件讓人摸不著頭腦的事，京中的百姓都在心裡猜測這定是立太子詔，朝中的大臣也都暗中琢磨著自己是不是誤會了鎮北王的意思？大概人家根本沒有篡位的意思，而是真的要救駕，才會有這麼一齣戲？

最鬱悶的要數鎮北王，得到這個消息的時候不僅踢飛了御案還罵了娘，這該死的小兔崽子！就算泰安帝臨死前發了什麼遺詔，不會就地焚毀嗎？巴巴的帶回京裡來做什麼！

不過火氣撒完，他也有點反應過味了，這哪是袁授行事不密？這小子，怕是存心啊！

遺詔？泰安帝都成先帝了，誰知道這份遺詔是不是那死鬼寫的！

沉靜下來之後，鎮北王發了兩道命令，一是速去探城外是否有大軍壓城；二是圍封鎮北王府，目標人物王妃哈氏、世子側妃顧晚晴！

不過，此時才派人去卻是晚了，王妃與世子側妃雙雙失蹤，不消多時城外也傳來消息，大將軍鍾靈岳率十萬大軍押解聶賊餘黨隨世子一同返京。

十萬大軍，兵臨城下，這與他當日之舉何其相似！卻不想，竟這麼快降臨到自己頭上！

「這逆子！」怒火燒得鎮北王雙眼通紅，他怎麼也想不通，他明明盯緊了哈氏一族，袁授身邊又滿是自己的內應，怎會大軍抵境這麼大的事他都一無所知！孫伶呢？跟著袁授回來的人不應該是孫伶嗎？

「速去查王妃下落！」

「王爺！」喜祿慌忙來報，「城外傳回消息，世子已當百姓之面開啟遺詔，遺詔中說……說……說世子救駕之功榮蓋社稷，今時太子被害，宗親四散，大雍不可一日無主，令世子接掌皇位，可……可……可敬王爺為太上皇！」

鎮北王腦中「嗡」的一聲，多年謀算苦心經營，難道為的就是這「太上皇」的名號？好一招先下手為強！

「王爺，朝中已有人準備出城迎回遺詔了！」

「誰敢！」鎮北王猛一甩頭，他這些日子是過得太舒坦了，以致降低了戒備，連下邊的人出了問題都不得而知。

眼下孫伶不知死活，南下的鎮北軍也不知何蹤，而袁授卻有鍾靈岳那個逆臣相助，雖說京中仍有精兵禁衛五萬餘人，但終是以少敵多，邊關劉光印手中尚有二十萬雄兵，可惜遠水近渴不能解矣，加之袁攝一事，劉光印是否有二心也不得而知！

最主要的，現在袁授先聲奪人，百姓愚昧不明真意，定然以為那遺詔是真，若他不迎遺詔，那麼之前所做的功夫便是白費了！

事到如今，唯有先穩往袁授，迎遺詔回宮，等袁授入了宮，再「勸」他讓出皇位不遲！

想到這裡，鎮北王揮出的手又收了回來，強壓怒火低喝一聲：「著百官集合，本王親自出京相迎！」

看他那恨得牙根都快咬出血來的極怒之相，喜祿連忙倒了碗茶水捧過來：「王爺，氣大傷身，先緩一緩。」

鎮北王正當氣頭之上，哪聽得下他的話？不過，喜祿放下茶水後就束手立於一旁，並未馬上去傳令。

鎮北王一拍桌子，「現在竟連你也敢忤逆我了？」

「奴才不敢。」喜祿立時跪下。「不過奴才斗膽，有個主意想說給王爺聽聽，王爺切勿動氣，喝點水，聽奴才一言。」

鎮北王陰沉著臉色並不說話。

喜祿磕了個頭，目光沒有正視鎮北王，反而盯著他身前的茶碗，「奴才想，世子此舉無非是想逼王爺承認了這遺詔，如果王爺出宮相迎，那麼世子的身分算是得了王爺的肯定了，就算將來他讓位給王爺，子位父坐，百姓無知，對王爺的名聲總是不好……」

鎮北王微微瞇眼，「繼續說。」

「是。」喜祿接著道：「世子與鍾靈岳大軍都集於東門，不若王爺派兵出西門偷偷潛出，以二公子的名義聲稱手中也有遺詔，腳前腳後事，料得百姓也難辨真假。只不過……」看著鎮北王稍有放鬆的臉色，喜祿輕輕一笑，「只不過將來世子與二公子涉嫌偽造聖旨，名聲算是都毀了。」

「這兩個逆子……」鎮北王哼哼一笑，面上神情已完全放鬆下來，端起茶碗喝了一口，目現狠厲之色，「養活他們，著實多餘！」

「傳我命令，著孫武率一萬精兵偷潛出城，對外宣稱十萬……就按你所說，以攝兒之名宣讀遺詔！再警告那些騷動鬧事者，袁授偽造聖旨，誰敢私自出城，以亂黨罪共處！」

「奴才領旨。」

喜祿起身退出，沒一會，又悄悄的回來，依舊肅立候在一旁。

「喜祿。」鎮北王看著這個自己養了十幾年的內侍，「你跟著本王有多久了？」

喜祿立時跪下：「回王爺，自奴才五歲那年與家人走散後，就一直跟著王爺，有十五年了。」

「十五年了……」鎮北王眼中不見絲毫漣漪。「時間可真快，一轉眼，你都這麼大了。」

喜祿低聲應是，鎮北王不叫起，他就保持著跪著的姿勢，跪了良久。

「哦，起來吧。」鎮北王揉了揉眉心，「那逆子著實氣人，本王有些頭暈，也躺一會，孫武那邊傳回消息後立時報知本王。」

「是……」喜祿應著聲，站起身來，再不如以往那樣低眉順目，一反常態的盯著鎮北王，盯著他的眼睛。

「你……」鎮北王有些不滿，不過想想他剛剛出的主意，倒也不乏是個好主意。罷了，他覺得自己年紀大了，人也變得寬厚了，也更有天子的仁慈之風了。

「本王……」才一起身，他突覺眩暈襲來，晃了兩晃，轟然倒地。

顧晚晴此時正在王妃身邊。

她們還在鎮北王府裡，不過卻是王妃臥室下的密室之中。

袁授兵臨城下的消息一出，王妃便派人將她叫了過去，通過夾牆的密道進入密室。

密室很寬敞，一點也不憋悶，除了沒有自然光，一切擺設皆與地面相同，乾糧淨水一應俱全，並不因是臨時避難所而湊和了事。

王妃將她帶來這裡並沒有特別解釋什麼，但顧晚晴自己也猜得到，八成是袁授和鎮北王要直面相對了，她和王妃這兩個炮灰自然得藏好一點。不過她很好奇啊！這裡可是鎮北王府，王妃怎麼能神不知鬼不覺的挖出這麼大的密室出來？

對此疑惑，王妃的回答很謙虛：「就是隨便搞搞。」

王妃是藉著整修庭園的機會，叫了哈氏的人進府來偷挖了這個密室，為的就是提防這一天。

「母妃……」有個問題顧晚晴一早就想問了，此時身邊無人，正是機會。「母妃可知道那『九轉靈竅丸』，究竟是什麼藥？」

九轉靈竅丸便是鎮北王給袁授吃的藥，照理說無論什麼藥物，顧晚晴的能力都應該可治，可她對袁授的頭痛卻無可奈何。

聽她問起這個，王妃默然半晌，輕輕搖了搖頭，「我也……不甚清楚。」

其實顧晚晴本就沒指望從王妃這得到答案，如果王妃知道，又怎會任由袁授受這種折磨？不過自她問過這問題後，王妃便沉默下去，似乎很沒精神的樣子，又令她懷疑王妃是不是真的知道些什麼。

在密室之中無日無夜，只有一個沙漏計算著時辰，算算不斷反轉沙漏的次數，顧晚晴和王妃在密室內已待了兩天有餘，顧晚晴不知道這麼下去什麼時候才是個頭，不過王妃不發話，她也只能乖乖的待著，無聊時就看密室裡的擺設，件件樣樣都看得仔細，以打發時間。

「這幅寒梅圖怎麼只畫了一半？」密室的一角置有書架畫案，案上鋪著一幅未完的畫作，平時都用素錦蓋著，顧晚晴無聊掀開看了看。

王妃走過來，指尖輕輕撫過那幅畫作，輕輕緩緩，「作畫之人是我的舊識，不過他已經去世了，畫也只畫了一半。」

顧晚晴點了點頭，「那他一定很喜歡梅花了，這梅花畫得十分精緻立體……不過我總覺得有點熟悉似的……」

「世間的梅花都是相似的，豈能不熟悉？」王妃轉身拈了素錦將畫重新蓋好，望進顧晚晴的眼睛，慢慢的說：「這次授兒回來的時機很巧，正趕在范府花宴之前，若此次事成，自然無須急於再求他范氏之女。不過妳須記得，范敏之這個人，授兒早晚是要爭取的，早一日爭取，便有多一分好處，待見了授兒，妳也勸勸他吧。」

顧晚晴眉頭輕動，不斷回味這句話的意思，想來想去，輕輕一笑，眼中到底是多了幾分喜色。

袁授是不同意的吧？所以王妃才要趕在他回來前促成此事，可不想袁授竟提前回京，打亂了王妃的一切安排。

此事事成……不過幾日時間，真能事成嗎？如果事成，那袁授……是要登基為皇，坐擁天下了？

想到這個可能，顧晚晴剛見喜意的心情又低落下去。

她自然想看到袁授達成期望，可又不希望他做皇帝。她不是沒見過皇帝，也接觸過許多空寄期盼的哀怨宮妃，雖然袁授答應過她此生不會再娶，可他一旦做了皇帝，這個誓言，豈不變成了一句笑話！

心思微沉的渾渾睡去，整個夢境，顧晚晴都在糾結之中度過。

「我不同意！你若敢再娶，我定然……定然……」

「放心……」

微帶沙啞的聲音，低沉卻帶著神奇的安撫之力。

「此生此世，我……絕不負妳……」

第一百六十一章

【榮華】

大雍泰安三十二年春，泰安帝駕崩，留遺詔傳位於鎮北王世子袁授，鎮北王昏迷不醒，疑為其二子袁攝毒害。

「袁攝給王爺下毒？」顧晚晴到現在也還很難接受這件事情。

半日前，顧晚晴睜眼醒來，便見許久未曾謀面的袁授坐在床前。沒有想像中的激動難耐，顧晚晴十分冷靜的向他打聽了外面的局勢，不可避免的聽到了這件事。

「只是懷疑。」袁授神態自若的夾了一筷子醋溜筍絲回自己碗中。「太醫探父王的脈象，斷出父王曾中過毒，參考父王突然放逐袁攝這件事來看，上次的事和他大抵脫不了關係，那麼此次下毒他便有很大的嫌疑，可能是不滿父王的決斷，蓄意報復。」

這也太扯了！顧晚晴自然知道上次的毒和袁攝一點關係也沒有，不過她可不願意替袁攝澄清，加上這次鎮北王中毒來得蹊蹺，她也不能肯定一定不是袁攝所為。

「那袁攝現在在哪裡？沒有去邊關？」

袁授專心吃著飯，平靜應道：「嗯，父王放他出京後就將他羈押起來，不過……在父王中毒前幾日他逃脫了，至今不知所蹤。」

太妙了！顧晚晴滿眼懷疑的盯著袁授，袁授在這樣充滿了強烈懷疑的目光中沒堅持多久，終於敗下陣來，放下碗投降道：「袁攝……是我弄走的，父王中的毒和我也有一點關係，不過也不會毒死他，等大局一定，他的毒自然會不藥而解。」

「也就是說……」顧晚晴一手支在桌上托著下頷，「沒人會反對你做皇帝了？」

「怎麼沒有？」袁授索性不吃了，學著顧晚晴的樣子也支著腮幫子。「不反對，也不代表會支持。朝中那些見風使舵的就不說了，當初被聶伯光強行帶走的一些老臣、重臣，他們可都是堅持皇室正統的；劉光印也不用說了，肯定不會擁立我的，唯一能跟那幫老臣抗衡的范敏之……」

聽到這個名字，顧晚晴抿了抿脣，收了手，拿起碗筷吃飯。

袁授沒有說完，馬上轉了話題：「不過不用理他們，先帝遺詔最大嘛，不管他們支不支持，這皇位我先登了再說，實在降不住他們，大不了我帶妳回千雲山，再當野人去。」

「好啊好啊。」顧晚晴白他一眼。「只要你能捨下這繁華紅塵，我又有什麼捨不下的？就怕你心有所想，走也走得不清靜。」

「我有什麼所想……」袁授一早就發現了，這次見面顧晚晴對他的態度很有問題，不驚喜也就算了，竟連親暱都淡了幾分，從見面到現在，就只拉拉小手，想抱一下都被她躲了過去。

「你自己想去！」顧晚晴氣鼓鼓的說完就不再理他，快速解決掉自己的飯菜後，出了門說是要去找金氏小聚。

袁授苦笑，心想著范九小姐那事看來是把她惹得不輕，不過他一早就與王妃表明了態度，也沒料到王妃想來個先斬後奏，要不是他及時得到消息後加速回京，這事還止不定怎麼麻煩呢。

「青桐，去陪著夫人。」眼下時局緊張，他總是擔心一些。

青桐輕輕一福，卻沒有即時跟出去，「世子既擔心夫人的安危，何不找個會武藝的人來陪在夫人身邊？」青桐雖然大門不出，但連日來從府內拘謹的氛圍也能察覺到一些什麼。「之前夫人派了一個叫阿影的過來保護夫人，不過她家裡有事……」

袁授臉色一沉，輕輕一擺手，「我知道，我會再物色人的。這段時間我不會有太多時間，妳多看著夫人，盡量不要出府。」

青桐低聲應「是」，正要出去，想了想又停下，笑道：「世子，還有一件事，夫人許是為了范家花會的事情不快，但更多的卻是因為那碧璽手鍊。」說完她抿著唇邊的笑意，轉身出去了。

袁授先前只想到了范家的事，現下稍一聯想，指尖不自覺敲了硬梨木的桌面一下，這麼說還真是他的錯了。

再說顧晚晴，出了院子就見一個高大的身影立於院外，腳下一滯，「左東權？」語氣十分的不太好。

左東權身上穿著正式的五品武官官服，站在那裡看不出腳上的缺陷，臉上的傷疤顯得他嚴肅威武，一般人不敢惹。

不過顧晚晴是一般人嗎？

因為上次進勸聯姻一事，顧晚晴對左東權的好感急轉直下，再加上王妃這次的事，她不能怪王妃，於是都算到了左東權的頭上。

左東權見了她倒還恭敬，稍一見禮後道：「葉夫人已在回程路上，不出一月，側妃就可與葉夫人團聚了。」

這事顧晚晴早聽袁授說了，走得慢些也是袁授有意安排，雖說袁授現下占了上風，但京中局勢總是不穩，讓葉顧氏走慢些，等她回來大局已定，總好過跟著擔驚受怕強得多。

對於袁授的體貼，顧晚晴還是給予肯定，不過對於他的錯誤也必須加以處罰，不能輕饒！

「側妃還是堅持拒絕聯姻一事嗎？」顧晚晴沒提，左東權倒先提起這話題，「下官奉勸側妃一句，莫要等到蛋破舟沉之時才去求人，與范家聯姻一事，給世子帶來的好處多得出乎側妃的想像。」

危言聳聽！顧晚晴心裡回了他一句，又補了一句：不給你治腿了，哼！

顧晚晴在門口和左東權大眼瞪小眼的時候，青桐就追了出來，沒料到院外有人，被左東權臉上的長疤嚇了一跳，微微後退了一步。

左東權立刻半轉過身子，遮去面上大半傷痕。

顧晚晴心裡譏笑，他竟也會體貼人意？腦中突然又晃過一事，她似乎曾聽袁授說過，左東權心裡有人了，是不會再接受別人的，當下哼笑一聲，拉過青桐對左東權得意的道：「左將軍常年在外奔波，孤苦一人，我和世子都心疼得很，早想給你成個家呢！你看我這侍女怎麼樣？我這就去與世子說，把她許給你吧！」

青桐猛的一慌，手卻被顧晚晴緊緊抓住，隱約覺得顧晚晴另有意圖，當下不好說什麼，但總是羞了個紅臉，低下頭去。

左東權聽了顧晚晴的話也是僵了一陣子，不過目光移到青桐身上轉了轉，當下單膝著地跪了下去。「屬下多謝側妃安排，這位姑娘入門後，屬下定然誠心以待！」

青桐一怔，顧晚晴也愣了，懷疑自己是不是聽錯了，沒一會反過味來，急急的把青桐扯到自己身後去，「呸呸呸！」連呸了數聲，「你想得美！」說罷，她拉著青桐一溜煙就不見了。

看著她們的背影，左東權面無表情的站起來，好像什麼事都沒發生過，轉頭便對上院門內袁授似笑非笑的模樣。

「己所不欲，勿施於人。別把她惹急了，不然我不饒你。」

左東權垂目，算是應了。

袁授在王府用中飯也是忙裡偷閒，他剛剛抵京，急著處理的事情堆積如山，是不可能再耽擱下去的，當下離了王府入宮，不覺又是數日過去。

因為鎮北王昏迷不醒，為表孝道，袁授沒有即時登基，不過百姓群臣紛紛上表言國不可一日無君，袁授連辭三次，但不抵民意如潮，終是順應天命，登基為帝，年號承治。尊鎮北王為父王太上皇，生母哈氏為母妃皇太后。

此次袁授由入京至登基不過短短十餘日，雖然表象一片昌平之色，但內裡危機四伏，重兵在外，老臣反對，甚至有多人未曾出席登基大典，當朝時局陷入了比鎮北王掌權時更為動盪的境地。而鎮北王一脈承襲皇位終歸不是名正言順，王妃也只能是母妃皇太后，想再進一步，只能等到王妃逝世，袁授才可以追思名義，追封為皇太后。

連續半個月，袁授忙的未入後宮一步，這讓早已搬至甘泉宮居住的顧晚晴覺得……她是不是被忘記了？

整個登基大典連帶著隨後的數項冊封，好像都跟她沒有半點關係，以至於她現在雖然在袁授的授意下住進了歷代皇后居住的甘泉宮，身分卻仍是尷尬的世子側妃。

現在已經沒有世子了啊，她給誰做側妃去？

不過她的鬱悶也沒有維持很久，王妃……哦，現在應該稱之為母妃皇太后。太后很快便將治理六宮之權交到了她的手中，雖然因為名分關係只是「暫時交付」，但她顧晚晴，也著著實實的體會到了當一把手的威風！整個後宮，除了太后，誰不都得聽她的！但話說回來，除了太后，後宮還有誰啊？

別說，還真有一個。

真陽公主。

顧晚晴在領了治理六宮之權過後就去見了真陽公主，她現在有權了啊！當然得去瞧瞧當初向她求救急著要出宮的公主大人，順便表達了一下慰問之情。

公主見了她十分客氣，但有一條，細打聽的事一律不說，中心想法只有一條：還是出宮。

其實出宮還不容易嗎？顧晚晴倒也能理解她的想法，真陽公主本就是個寧折不彎之人，之前不知為何住進宮裡，但現在江山易主，雖然名義上還是親戚，實際上也多多少少有點血緣關係，但總不比之前泰安帝那時了，她要出宮，也是理所當然之事。

因為大家都忙著，後宮的事被徹底忽略了，顧晚晴也就自行做主，送了真陽公主回她的長公主府。

這本是一件小事，公主出宮的時候太后也不是不知情，不過身分尷尬，所以並未相送，但的確是知道的啊！就因為這事，以至於突然有一天，真陽公主帶著她的乾孫女樂果郡主突然從公主府消失，引發了一些可預知和不可預知的事情，而太后卻推說不知時，顧晚晴十分詫異。

怎麼能不知道呢？要知道她向來敬重太后，後宮一切大事小情雖然是她在處理，但也都會向太后稟報，這太后怎麼能這麼不講義氣，犯了事就把責任都推到她的身上呢？

再說起來，一個過氣公主，失蹤就失蹤了，能是什麼大事？可偏偏真陽公主失蹤的同時，另一樣東西也遍尋不到，不僅在宣城沒找到，連在皇宮裡也沒找到。

於是就有傳言，說這公主帶著那東西跑路了，那東西嘛……一般人都管它叫「玉璽」。

第一百六十二章

【條件】

倒楣，真是倒楣！

顧晚晴連為自己申冤的機會都沒有，就被太后禁了足，說是要她面避思過。

她冤吶！顧晚晴琢磨著，該不會是太后又動了聯姻的心思，所以先找個藉口把她關起來，省得她從中使壞吧？

那袁授呢？也覺得她這事辦錯了？是不應該放了真陽公主出宮？還是惱她有可能弄丟了玉璽？要不然怎麼也不來看看她呢？

「會不會皇上根本不知道夫人被禁足的事？」冬杏這麼猜測。

顧晚晴一陣陣的不適應，雖然已經聽了很多天，但她還是不能準確的把袁授和「皇上」掛上勾，總覺得欠了點什麼似的。

「算了，他也夠忙了，不管他知不知道，都別去打擾他。」顧晚晴瞅著眼前開得正好的一盆牡丹的葉子，一下一下的輕扯。

她實在是太無聊了，不管是禁足前，還是禁足後。

正無聊的時候，耳邊騰騰的腳步輕響，新撥給她的隨身內侍秦三靠過來，「夫人，太后駕到，快到宮門口了。」

顧晚晴連忙讓冬杏給自己看了看衣著，確定沒什麼大礙後，走到甘泉宮宮門處，看著漸漸而近的車輦，跪下身去。

王妃成了太后之後還是依舊如常，溫潤可親慈眉善目，不過顧晚晴現在可再也沒有想和她親近的意思了，就憑她一個勁想聯姻聯姻，顧晚晴就覺得她們肯定相處不來！

太后擺了擺她瓷白細潤的手，顧晚晴便站起身來，抬頭便迎上太后溫溫暖暖的笑容，讓她忍不住打了個哆嗦。

請太后入了正殿，太后未開口先嘆息，又是嘆得她眼皮一跳。

「皇上才剛登基，帝位不穩，妳也知道，皇上剛剛拒絕了七王爺推舉的皇后人選，這幫宗親，現在對皇上很是不滿呢。」

顧晚晴一邊默默聽著，一邊想著太后說這話的用意。原本鎮北王給袁授定下的媳婦是劉思玉，但那是鎮北王和七王爺之間的交易，所以不管基於什麼理由，袁授都不會娶劉思玉，加之劉思玉心有所屬，自袁授入京時起便稱病不出，於是這件事很容易就淡了下來。

但是七王爺眼見鎮北王大勢已去，又怎肯放過袁授這支潛力股？於是藉口劉思玉抱恙久治不癒，提出更換婚約人選，並集合了一幫在京的宗室集體上表，請求立后。結果，自然是以袁授駁回告終。

「宗室的支持是朝局穩定不能缺少的，眼下皇上忙於平定朝內動盪，無暇分身，若是宗室再出了亂子，實可謂雪上加霜。而一些老臣倚仗自身功績驕狂自大，有人還聲稱要另擁先帝的皇子為新帝，拒不上朝……」

「太后……」顧晚晴聽她越扯越遠，連忙把話題拉回來，「太后需要我做什麼？」

太后垂了眼簾，認真的觸撫手腕上的手串，看似提議，又無比鄭重的說：「妳說，如果現在有一位先帝皇子帶頭上表，願終身效忠於皇帝，豈不是可堵悠悠眾口？」

顧晚晴了然，「太后是想讓我去勸說前太子？」這個簡單，既然已是「前」太子，現在人又廢了，只求安身立命，富足一生罷了，讓他上表擁護，還不容易嗎？

太后卻搖了搖頭，「前太子早已表明立場，何須勸說？」

「那……」顧晚晴想了半天，「除了前太子，難道還有先帝皇子在朝嗎？」先帝雖然皇子眾多，但不是被「聶賊」所害，就是四散流落，根本沒有回京的。

太后鳳眼一彎，聲音更加慈祥：「不僅有，還是個十分能說得上話的人。」

「是……」

顧晚晴剛想問是誰，太后已然繼續說道：「是先帝的悅郡王，傅時秋。」

「袁家已然找到了傅時秋。」太后輕輕一嘆，「皇上自然是不知情，悅郡王隨先帝南下時日日侍奉左右，在那群老臣中極富威信，如果他能開口，那麼……」

那麼，袁授的王位便穩了一半！

無須太后繼續說明，顧晚晴也明白箇中輕重。

只是，那人是傅時秋啊……

直到今天，顧晚晴還是不能完全原諒當初他迷暈了她和袁授，盜走圖紙之事。但反過來說，袁授如今坐的天下，是他家的天下，雖然他從來都沒有稱帝之心，但要勸他奉袁授為主……顧晚晴心裡十分為難。

對於傅時秋，顧晚晴縱然責怪，但也覺得虧欠，終其一生，也不願再做出強迫他的事情。

她的猶豫落到太后眼中，太后目光微微一沉，「妳可知道，皇上為何沒有給妳任何名分？」

顧晚晴心中一緊，這個問題她想過多次，但袁授分身乏術，她已有將近一個月沒見過他，兩人平時雖常常差人問候，但這樣的問題又怎能經由他人之口轉述？

「皇上的意思，是要立妳為后。」太后緩緩說著：「但哀家不同意。」

顧晚晴輕輕抿住雙脣，這個原因她猜到過。

「不只哀家不同意，群臣也沒有有意的。」太后輕輕掀了掀眼簾，看著顧晚晴沒多大變化的臉色，又轉開眼去，「妳的出身不足以為后。」

雖然明知，但顧晚晴仍是避免不了的失望，「我知道。」

「妳也沒有子嗣，難以母憑子貴。」

顧晚晴低頭，「是。」這是事實。

「潛邸之時，妳是側妃，入了宮，可封為妃，貴妃都是勉強了，如何為后？」太后盯著她，問道：「妳可願上表皇上，自請為妃？」

顧晚晴默默不語。沉默了一會，她抬頭，目光灼灼，「我願意。」

太后微一揚眉，眼中多了幾分詫異，在她想來皇上之所以這麼執著，並在所有人都反對後索性擱下此事，但也絕口不提立后選妃一事，多半是出於顧晚晴的慫恿。顧晚晴是袁授唯一的妻室，想做皇后也是人之常情，但她的出身太低，而且太后也不認為自己會妥協此事，畢竟她還是要以袁授的利益為主。

「妳可想好了？」太后不著痕跡的皺了皺眉，這本是試探，顧晚晴若真同意，那下面的話反而不好說了。

顧晚晴輕輕點了下頭，「皇上若堅持己見，定會與朝中大臣心起嫌隙，那是我不願見到的。」這句話是她所想，但也不是。她想，不就是區區皇后之位嗎？如果袁授的後宮只有一人，那麼是皇后還是最低級的嬪妃，又有什麼區別？

太后這倒為難了，沉吟了一會，想好的話還是硬著頭皮說了出來：「其實……哀家也不是一定不許妳做皇后……」

顧晚晴面色一肅，曲膝跪下，「若是勸說悅郡王一事，太后便不必說了，我沒有把握能勸他同意。」

太后也沉了臉色：「顧氏，妳與傅時秋之間的種種關係，難道還要哀家明說？」

顧晚晴垂頭不語，打定主意不接這差事。

太后的話卻沒停：「再說妳不為自己，也得為皇上著想，他這麼緊趕慢趕的急著回來是為了誰？因為時間緊迫，不得不接下前朝那麼大一個爛攤子，妳沒有絲毫心疼之意嗎？」

這話說的……顧晚晴怎麼會不心疼？她怎會不明白袁授這麼急著回來是為了誰？可他攔下了太后的計畫，卻不得不提前面對種種事端、種種難題，而這些事，他未曾向她吐露過一字。

太后長一嘆：「況且，悅郡王那邊妳不勸他，自有旁人去勸，可他若不從善如流，妳當他能得到什麼好下場？一將功成萬骨枯，皇位更是如此，妳難道希望皇上的手上，染上悅郡王的血嗎？」

顧晚晴目光一閃，抬頭望向太后。

太后輕閉著眼睛揉了揉額角，「妳再想想吧，如果妳立得此功，我也就沒什麼理由再攔著皇上立妳為后，縱然有朝臣反對，但畢竟是後宮的事，我這個太后，還做得了主。」

太后來去匆匆，顧晚晴卻寧願自己像先前那樣繼續無聊下去，可再不行了，她的腦子有點亂。

自袁授回來，她一直忍著沒問他傅時秋的事，一是怕他誤會，二則是擔心聽到不好的消息。現在知道傅時秋還活著，她自是鬆了口氣，但同時也無比矛盾。正如太后所說，她不去勸，太后自然會派別人去勸，勸成了還好，若勸不成，以他那看起來無謂實則極有主意的個性來說，極有可能做出點什麼使壞的事情，到時候就算他想脫身也絕不可能了。

去？或者不去？

顧晚晴頭痛得很，整整一夜輾轉反覆，基本上沒怎麼合眼。

第二天梳洗之時，青桐見她精神低迷的樣子不禁嘆道：「夫人要是不想勉強悅郡王，那麼不如先拖著此事，太后等不了，自然會派人去勸，到時候我們就留意著這方面的消息。如今大局已定，萬一悅郡王能想得通呢？豈不是皆大歡喜？就算他想不通，夫人也好提前準備，將來在皇上面前好為他求求情。」

顧晚晴紅著眼睛點了點頭，想了整晚，她也覺得應該去了解一下傅時秋的真實想法，如青桐所說，如果他能想得通，那可真就是皆大歡喜了。

「不過有一點……」青桐稍一猶豫，「悅郡王在京一事還是得讓皇上知道的好，不然萬一夫人和他相見……」

聽到這，顧晚晴猛然一驚。

是啊，如果她在袁授不知情的情況下去見了傅時秋，又偏偏讓袁授知道了，他會怎麼想？太后難道就真的那麼沒辦法，搞不定傅時秋嗎？

顧晚晴的心怦怦跳得厲害。顧晚晴啊顧晚晴，這種虧妳已經吃過一次了，怎麼還學不乖呢！

第一百六十三章

【跑啊】

事不宜遲，顧晚晴立時讓青桐前往紫宵宮面見袁授，最好能請他過來一趟，就算不能，也要把今日太后說的話，原封不動的向他複述一遍。

好在顧晚晴雖被禁足，但只是禁了她自己，手底下的人出行無礙。青桐沒有片刻耽誤的去了，顧晚晴則在琢磨太后還有沒有什麼後招。

自打開始往這方面想，顧晚晴突然覺得，如果這次自己中了招，那太后得到的好處可是太大了。如果她能勸傅時秋代頭上表，那自是符合太后心意；同時因她私下會見傅時秋，她與袁授間定起嫌隙，什麼皇后啊堅持啊統統都沒用了，這豈不更合太后的意？

真是太黑了！

不過，顧晚晴也有善良的一面，她一面猜測著太后可能會有的狠辣行徑，一邊又想，會不會是她誤會了啊？可能太后真的只是愛子之心，私底下俘虜了傅時秋後，想給兒子減輕壓力呢？

正漫無邊際的想著，宮門口那邊忽起騷亂。

顧晚晴因為天好，整日的在外頭曬太陽，又怕真的曬黑了所以常在樹蔭下待著，這地方不起眼，但視野不錯，以至於她抬頭，一眼就看著了正往甘泉宮行進的車輦之上，哉歪的靠在上面的人很面熟……靠啊！傅時秋啊！

顧晚晴撒腿就跑。

她已經沒時間想這到底是巧合還是有人故意安排了，她就怕這一幕偏偏那麼巧被袁授撞上，那她可真是說不清道不明，當下一溜煙的跑到二進院，左右看看，根本沒有出路！

「夫人！」冬杏提著裙子不知所以的跟上來。「怎麼了？」

「陷阱啊！」顧晚晴攥著裙角的手心裡都有點潮了，目光止不住的四周搜索，只一瞬間就有了決定，拉起冬杏到圍牆下站好，四肢並用的就往她身上攀。

「夫人！」

冬杏身板子小，勉強能讓顧晚晴踩在背上，可離牆頭還挺遠一截呢！

顧晚晴急著朝二進院裡原來正整理著花草、現在目瞪口呆的幾個宮女招手，眾人合力之下，總算把她掀上牆頭。

「妳們都去前面堵著，別讓人進後院來。」顧晚晴威風凜凜的騎著牆頭下達命令，然後……沒然後了。

她上是上來了，但怎麼下去呢？牆那邊可沒人接著她。

這也三尺來高啊，一層樓了，顧晚晴呆了半天，最後閉著眼睛還是跳了！

跳，頂多受點輕傷；不跳，那可是傷神傷身又傷人。太后妳這個老巫婆，我謝謝妳十八代祖宗！

預備，一、二、三！

一聲悶哼，顧晚晴就覺得有人妨礙自己自由落地。她眼睛瞇了條小縫一瞧，繡著九爪金龍的一襲明黃正被她坐在身下，悲催的面部著地。而後便聽一陣驚呼吵嚷由遠而近……

「皇上！皇上……」

看看，這有多險！以他們的路線來看，再拐個彎就是甘泉宮大門了！

顧晚晴慢慢的挪開身子站起來，這才看到御駕車輦尚在百步開外，御輦之後尚有另一車輦，正快速的朝這邊移動過來。

「你沒事吧？」顧晚晴雖然心裡不爽，但還是沒忘關懷一下她思念已久的皇上大人。

袁授已在那群內侍越幫越忙的忙活下站起來了，龍袍無損，龍顏也只是見了點灰，只有頭上的朝冠歪了，他也不扶，由上而下的斜睨著她：「翻牆？嗯？」

顧晚晴皮笑肉不笑的乾笑兩聲：「再不翻牆，就讓你捉姦在床了。」

袁授微微的挑了下眉梢，御輦和另一車輦已然行近，另一車輦上坐著的赫然便是太后，她面無悲喜的看著顧晚晴，「顧氏，發生了什麼事？」

發生了什麼您還不知道嗎？顧晚晴很想這麼說啊！但看看袁授，還是忍了。

「沒事啊。」她隨意的笑著，「就是剛才想到了一件事，攀到牆上來確認一下地形，不小心掉下來了。」

「確認什麼地形？」袁授的眉眼間仍有幾分疑惑，但還是順著顧晚晴的話說下去。「剛才離得老遠就見妳在上面東張西望的。」

跟在袁授身邊的內侍秦福拍著胸口跟聲道：「皇上看見夫人在牆上，馬上就飛身趕來，真是嚇壞奴才們了。」

「顧氏，妳可知罪？」太后沒給顧晚晴開口的機會，「皇上是天子之軀，若因妳有所閃失，妳怎可擔當？」說罷示意身邊的宮人，「去甘泉宮，哀家有話要問顧氏。」

車輦立即起行，顧晚晴暗暗翻了個白眼，真倒楣，跑不了了！

「待會無論是什麼情況，先保持冷靜。」顧晚晴小聲向袁授嘀咕。

袁授瞥著她，伸手拉她一同上了御輦，轉過彎來，下輦之時，他笑道：「妳若真有別的心思，今日又怎會坐在我的身邊？我那麼難才留下妳，又豈會吝嗇一點信任？倒是妳，也該對我有些信任才好。」

他說完，人已下了車輦，顧晚晴則在車裡又坐了會，感覺到洋洋暖意從心底一絲絲的蔓延出來，無比受用。

轉眼的時間，顧晚晴已從甘泉宮一出一進，秦三和那些不知她翻牆出去的宮人們見她從外進來，一個個眼珠子都快瞪出來似的。

太后不在院中，應該是進了正殿，院中另有一架空著的車輦，正是抬傅時秋進來的那個。

跟著袁授進了正殿，太后面色憂沉的坐在那，地上斜歪的跪著傅時秋。

自上次一別，顧晚晴已有小半年沒見過他了，剛才離得遠沒看清楚，此時看他，臉色竟十分蒼白，身體也較上次見面孱弱了許多，口唇隱隱泛著青紫色，十分沒有精神。

顧晚晴一見之下頓時色變，他明顯是心臟病犯了！但……這怎麼可能？

她明明早已治好他了啊！

與顧晚晴同時色變的還有袁授，不過他並非驚訝，而是面色難看。

「久違啦。」傅時秋輕笑著招呼了一句，也不知是對袁授，還是對顧晚晴。

「顧氏。」袁授的色變落在太后眼裡完全是另一種意思，太后面沉如水。「悅郡王怎會出現在妳宮中？」

顧晚晴盯著傅時秋，想從他的面色中看出究竟，冷不防太后發問，聽明了問題，她心中一惱，脫口而出：「我也是才見悅郡王，不過他病得如此嚴重，想來是太后送來給我醫治的？」

太后看著傅時秋那病懨懨的樣子也皺了皺眉，但還是厲聲道：「顧氏，妳剛剛翻牆而出，到底是為了什麼？莫非是怕袁家與皇上撞破你們之間不可告人之事！」

顧晚晴實在生氣，她也不知道自己在氣什麼，只知道並不全是因為太后，可太后這麼說，卻是讓她怒火猛發。

「敢問太后什麼叫不可告人之事？妳問問滿屋的宮人，我與悅郡王有沒有見面！有沒有說話！

有沒有獨處！」顧晚晴一眼瞪向秦三，「還不來回太后的話！」

秦三連忙上前，哆哆嗦嗦的把車輦入宮一事從頭到尾說了一遍，果然沒有顧晚晴出場的機會。

顧晚晴目光森森，「太后，捉賊拿贓啊！還是太后另有憑證證明那些『不可告人』的事？」

太后神色微惱，她倒沒想到顧晚晴溜得這麼快，竟還想出翻牆的法子，兩個人連面都沒碰到！

「那妳如何解釋他身處甘泉宮一事？」

太后目光掃過，隨著傅時秋一同進來的白臉內侍躬身上前，「啟稟太后，奴才們是接了甘泉宮的令牌才迎悅郡王入宮的。」說著遞出一塊牌子，眾人看過，果然是甘泉宮的令牌。

這種證據！顧晚晴頓時沉了臉色。

傅時秋跪在地上，突然輕笑著開口：「這位公公，你去接我的時候可說的是太后請我。」

白臉內侍不慌不忙的半轉過身去，「郡王說笑了，若是太后相請，奴才們怎會站在這裡？」

「是啊……」傅時秋的視線溜過顧晚晴，定於坐在主位的袁授身上。「皇上知道為何嗎？」

袁授眼中現出一抹惱意，目光微轉，「朕與悅郡王有事相商，母后、顧氏，妳們先出去。」

太后自然很不滿意這樣的結果，不過今日一事她已然操之過急，不願再違逆袁授的心意，當下起身，卻也等著顧晚晴先出去，然後才跟了出去。

殿內很快只剩下袁授與傅時秋兩人，沒人開口，一直沉默著。

「自上次一別不過月餘，你便患了絕症嗎？」這話往深了想有點關心的意思，可經由袁授的口中吐出，卻是寒意森森。

傅時秋輕笑，改跪為坐，盤腿坐在地上。「自上次一別不過月餘，你便做了天子，我還沒謝皇上上次的不殺之恩。」

「上次不殺你是因為我答應過她，不代表這次也是。」袁授坐在那，神色反而愈加放鬆。「我說過，你最好別再出現在她面前。」

「我也不想啊。」傅時秋的笑容灑脫，彷彿沒有絲毫不甘之意。「但太后美意，我也難以推辭。」

袁授輕哼一聲，「這種把戲我不會當真，倒是你，還沒回答我的問題。你的病由何而來？莫非……」他不自覺的咬了咬牙，「你想施苦肉計，以病症引她憐惜？」越想越對！袁授微瞇的眼中閃出一分蔑視，「她才沒空治你！」他也有病啊！還是最難治的後遺症，誰比他病得重！

第一百六十四章

【請旨】

「皇上這是在要脅我嗎？」傅時秋坐在地上笑得有點壞。「若我把上次『下藥逃走』的真相說與她聽，皇上以為如何？」

本已稍顯輕鬆的氛圍被這一句話瞬間結成無際寒霜，袁授輕抿了唇角，神色卻更見放鬆。「你以為，你還有機會？」

「大概吧。」傅時秋的笑容中忽然摻進一絲苦意，他不知從哪裡摸出一枚藥丸，在袁授眼前晃了晃。「這藥是顧家的大長老配給我的，服用後可在一段時間內現出重症之勢。在宣城時，聶伯光多疑，我為保性命，常常服用此藥再去見他，讓他以為我命不久矣……如何？我還算有功嗎？」

今日傳訊之人雖是藉太后名義，可他對宮中無比熟悉，但見車輦往甘泉宮來了，心知有異，趕在進門前服了藥，終是在太后到場的時候藥效發作。一個病得快死的人來到這自然不可能是為了偷情，就算是秘密相會，也因他命不久矣而變得情有可原，所有種種，都是將她的安全放在首位。

袁授的視線轉到他手上的藥丸上，目光閃了閃，「就因為這個，所以你才有機會來往於宣城與京城，為先帝做些秘不可宣之事？」

傅時秋輕笑，「先帝雖然信任聶伯光，但最後病入膏肓之時也是懷疑了他的，這江山畢竟姓袁，讓他交給姓聶的，他怎會甘心？」

這話袁授倒是相信，雖然先帝遺詔是假，但在救出泰安帝時，泰安帝那放心欣喜的目光騙不了人，只是他自知時日無多，留話讓袁授好生輔佐太子登基，那時他還不知道，太子早被他的前岳丈大人給廢了，再不能為人了。

「玉璽究竟被你藏於何處？」這才是袁授目前最關心的問題。

傅時秋想了想，突然問道：「聽說她放走了長公主，可有此事？」

袁授頓時面色一緊，「真在長公主那裡？」

傅時秋看著他，半天沒有說話，過了一會才道：「皇上這麼緊張，究竟是為了玉璽，還是為了她可能犯下的大錯？」

如果玉璽當真在長公主那裡並且被帶出宮去，那麼作為放了長公主出宮的顧晚晴，自然在責難逃！

袁授沒有回答，英挺的眉目間一如往常，再看不出絲毫情緒。

傅時秋心中輕嘆，短短幾年時間，他幾乎都要認不得他了。

想當年，還是阿獸的袁授那麼簡單直接，高興就笑，不高興就打，還真沒少打他！

想著想著，傅時秋就笑出聲來，心中所想毫不隱瞞，隨口說出。

袁授依舊沒有回答，只是眼中微有緬懷，雖只是一瞬，但總是懷念過了。

傅時秋嘆道：「若是阿獸陪著她，我現在便不會這麼擔心了。」

「現在也沒你擔心的分！」袁授的目光猛然寒厲，「當初是你自己放不下才放棄了她，何必今日才來惺惺作態！」

「是啊是啊。」傅時秋合上了眼，長長的出了口氣。「我不願捨棄父皇，便只好捨棄了她，無論如何，我都是沒資格後悔的。」

「你知道就好。」這句話幾乎是從袁授的牙縫裡擠出來的，他站起身子，居高臨下的睨著地上的人，心思轉了數回，終是道：「念你護她有功，悅郡王……著升親王，封地宣城……天下動盪，悅親王還是堅守城內，安身立命為好。」

悅親王啊……一個被軟禁的親王。傅時秋的唇角微揚出一抹諷刺的弧度，在他決意現身之前，那些所謂的老臣、忠臣還曾密議在外擁他為帝反攻京城，他是有機會做天子的，也更名正言順得多，可最終他還是放棄了。

或許是因為他不夠堅定，也不夠勤奮，他總是覺得，皇帝有什麼好當的？又苦又累，一不小心還要留下千古罵名，到底有什麼好？散閒自在一點不好嗎？想使喚人，多得是人讓他使喚，還有足夠供他揮霍的金銀、美食紅顏，世上值得追求的除了這些還有什麼？就連這個郡王名號，也是為了能讓她「利用」才求得的，除去這點，郡王如何？親王如何？天子又如何？在他眼中，都是一樣的毫無價值。

直了直身子，他改坐為跪，微微一個呼吸，挺直的腰身彎了下去，「臣，謝主隆恩。」終是認了眼前的這個皇帝！

除去自己的理由，還因為他願意做一切顧晚晴希望做到的事。

「臣還有一個請求。」沒有抬頭，他盯著眼前明黃底面繡雲紋金絲勾邊的精美朝靴，「請皇上賜安南侯之女劉思玉為臣妻。」

「如卿……所願。」

頭頂飄來的聲音冰冷，又隱含了微不可察的殺意，傅時秋輕吐出一口氣，雖放過，但他殺心不死，以後看來得小心為上了。

傅時秋不怕死，卻不願這麼早死。

袁授應了傅時秋的請求，沒有片刻停留的出了正殿，便見顧晚晴恭敬的站在太后身側，似在聆聽訓導。

他突然極不耐煩起來。

「母后。」他上前，站於顧晚晴身側，尾指輕輕勾住她的手掌。「朕已許了悅親王與劉思玉的婚事，希望由母后主婚。在他前往封地之前，母后便多為此事操心吧。」

聽了這話，不只太后一愣，顧晚晴更是驚愕至極，可袁授沒給她們說話的機會，手指輕握，已拉了顧晚晴直出甘泉宮去了。

「他死不了，不用妳去治了。」剛出宮門，袁授便扔下這麼一句。

顧晚晴還沒從剛剛的消息中回過神來，呆呆的點了點頭，而後又覺得不對，「到底怎麼回事？太后那不用交代了？還有那樁婚事……」

「今後有關他的事妳都無須再管。」話說完，袁授才覺得自己的口氣有點酸了，緊了下手掌，切實感覺到她的手正在手心裡，心中才算安穩了些，把和傅時秋的對話撿了能說的慢慢說給她聽。

「這樣……也好。」聽聞傅時秋的病症是由藥而來，會隨時間慢慢散去，顧晚晴放了心，但聽到他請求賜婚的時候還是不由得走了神，以前許多事在眼前重播，很長時間沒有說話。

兩人拉著手，不知不覺走到思德門外，門外的那一邊是前朝範疇，顧晚晴問道：「他……這麼說，悅親王是會支持你的了？」

「嗯。」袁授的目光由他們牽著的手上移到她臉上。「放心。」他笑了笑，可卻連他自己都感覺得到笑容的牽強。

「那范敏之呢？」他的笑容讓顧晚晴有些難過，知道全是因為自己剛剛的沉默，讓他多了心，股晚晴便主動請纓：「那老頭兒，我有辦法對付他！」

對付范敏之，顧晚晴早有對策，此時娓娓道來胸有成竹。袁授聽罷稍有猶豫，目光盯著她手心的紅痣看了一會，「妳有把握？」

顧晚晴展顏一笑，「那你得先解了我的禁足，也讓我有機會出宮才行。」

「不行！」

顧晚晴的笑容還沒收回來就遭拒絕，不由得怔了怔。

袁授轉開目光，「眼下時局不穩，妳貿然出宮太過危險，妳想見誰召進宮來便是，至於范敏之，我想辦法讓妳見他。」

有了袁授的配合，顧晚晴行起計畫來更加得心應手，隔了兩天便叫顧氏代家主顧天生進宮說話。顧天生醫術一般，但比顧長德更加討喜圓滑，有機會對新帝效忠，自是不會放過這個機會。

顧天生深知自己的身分，雖然顧晚晴出身於顧家，但眼下他並不敢把她再當成「天醫」看待，而是當成貴妃、當成皇后那樣尊敬，但凡顧晚晴的要求，他一律三緘其口不問緣由，只管做好自己的差事，十分的進退有度。

縱然顧天生機警，但是顧晚晴要求的事也過了大半個月才辦好，等到一切安排妥當，已然進了五月。

五月已是初夏，天氣也熱了起來。一直在路上的葉顧氏終於入了京，與葉明常和葉朝陽暫時安頓在顧家，這也讓顧晚晴放心不少。

那邊悅親王的婚事準備得熱熱鬧鬧，就在十日之後，又因厚待悅親王一事，許多舊臣深感新帝仁厚，紛紛上表請求復職，袁授無一不准。加上傅時秋以先帝皇子身分，上表為新帝力救先帝一事致謝，又引得一些頑固派放棄另立新皇的希望，倒戈的倒戈，辭職的辭職，一時間朝中反對的聲音消去大半。

時到今日，袁授登基也有兩月，身下的皇位總算稍稍穩妥了些，只是又有以范敏之為首的幾大世家與數名隱世鴻儒，對袁授稱帝雖不反對，但也不附和。此舉在一些讀書學子之中引起許多紛議，還有學子聲稱不會參加今年的恩科，一來二去的，又是一樁麻煩。

范敏之在等什麼，顧晚晴自然知道。不只她知道，袁授也知道，太后更知道。

所以太后才那麼著急的想置她於不義之地，想離間她與袁授的感情，想讓袁授同意那老賊頭兒的想法——聯姻。

如果說上次的范九姑娘是范敏之想看看袁授的誠意，那麼這次的范十三姑娘，則是范老頭兒心中既定的皇后人選了。

沒人性啊！范十三今年才十三歲！

顧晚晴這些天沒少詛咒這一直混水摸魚的老頭兒，也打定了主意，這次一定要讓他好看！

第一百六十五章

【時疫】

范府這段時間一直很消停。

作為前任右相的范敏之，自十幾年前吃了一記大傷元氣的暗虧後，便深知自身價值的重要性，故而十幾年來隱退官場，專心結交世族門閥。他出身望族，這方面的資源自然渾厚，又經過這麼多年的苦心經營，范氏一族已然成為世族學子間的無名領袖。

清名，誰說清名不重要？范家今時今日的地位，便是清名經營而來！

從先帝崇道開始，范敏之便敏感的察覺到天下即將大變，隨之而來的果然是鎮北王兵臨城外，先帝棄京南下的消息，不過他並不急著做選擇，亂世多梟雄，梟雄也未必只有鎮北王一個，他現今手握清流言論，無論是誰上位為主，他都有雄厚的談判籌碼。所以他虛應鎮北王的同時，又分別結交袁授與袁攝，便是要待價而沽。但不可否認，他是比較看好袁授，否則也不會有意聯姻，試探袁授的誠意。

時至今日，袁授果然登基為帝，可是行為倉促，雖然宗室方面在悅親王歸服後紛紛投誠，但是天下清流學子無數，覺得袁授並不名正言順的也不在少數，於是他便知道，袁授定然是要他的大力支持。

他現在就在等著袁授的誠意。

上次范九的婚事未成，范敏之已然有些不滿，但范九畢竟是個和離過的婦人，袁授既是奔著皇位去的，自然不會娶一個身有瑕疵的女子。好在，他還有一個清白的孫女。

范敏之一直耐心等待著，本來他對自己的等待也很有信心，現今沒有人比他范家的女兒更適合做這個皇后，也只有范家的女兒做了皇后，范家成為國戚，他才會放心的替袁授經營，兩者各取所需，他看不出袁授有拒絕的必要。

可這一等就是兩個月，袁授不僅沒有絲毫立后之意，反而對范家不聞不問，一副死心不願搭理的模樣，這讓范敏之很氣憤。

這黃口小兒！皇帝位子還沒坐熱就擺這樣的派頭，要是此番被他壓住，以後可還有范氏的生存之地？范敏之早已過了衝動的年紀，可事關范家生存大事，不容他不小心，加上心裡堵了一口惡氣，就怎麼看袁授怎麼不順眼，私下裡琢磨著是不是該提醒提醒這個年輕人，有些事情並不是你坐上皇位就會穩妥的。

正這麼打算著，打算著好好表現一下自己的存在感的時候，袁授的聖旨來了。

皇上與太后於慈安宮大擺家宴，邀范敏之攜家眷出席。

聽聽，是「邀」，可不是「要」或者「必須」什麼的字眼，范敏之又特地打聽了一下，得知家宴邀請的自然都是皇族宗室的親貴們，外姓臣子唯范府一家。

范敏之樂呵了，心情舒暢極了，馬上叫來家人，尤其囑咐范十三的母親，當天一定把范十三打扮得端莊大方，身具國母風範才行！

家宴當日，范敏之早早的便集合了家眷，仔細察看一番，確認連一個丫鬟都沒有不妥之處後，這才草草用了早飯出門，趕在中午前進到宮中。

范家此次入宮六人，除了范敏之，尚有范夫人，范家長子、次子，長媳及范十三。由范夫人、長媳領著范十三先至慈安宮拜見太后，范敏之則與兩個兒子去面見袁授，又與袁授一同前往後宮。

雖還沒到午時，但慈安宮裡早已準備妥當，一些宗室家眷也已然到場，范敏之眼尖的見到宗室家眷中混著幾位眼熟的夫人，正於太后身前聊得火熱。

范敏之皺了皺眉。不是說除了宗室便只請了他們一家外臣嗎？怎麼那幾位世族夫人也都在場？沒時間細想，袁授已帶了眾人見過太后，簡單的禮數之後，眾人便分主次於各席落坐。

今日之席左右排開，中間主位坐的自然是袁授，太后居左，右側皇后之位空著，再下首，卻是一個未穿命服，只做尋常打扮的女子。

范敏之瞇眼看去，見那女子明麗嬌媚很是漂亮，加之她坐的位置，便已猜到她就是那個未晉名分的世子側妃。

顧晚晴未晉名分的事幾乎人人皆知，但只有那些不知內情者才會嘲笑她地位尷尬，稍稍知道些情由的都明白，她未晉名分不是因為別的，而是因為皇上想立她為后。

范敏之自然是知情的，同時也將前段時間袁授對范家不聞不問之事加諸在顧晚晴頭上，猜想是不是因她設阻，袁授才選擇了對范家視而不見？因為這個，范敏之對顧晚晴從一開始就沒什麼好印象，此時一見更是不屑，只一搭眼便移開了視線，尋找范十三的所在。

現下宗室親貴俱在，范敏之威望雖高，卻也只能位於中席，而范家女眷同樣如此，並未因范十三的出色打扮而獲得什麼優待。

此時又有幾人自殿外求見，卻正是平素與他有所來往的幾位大家子弟，他們顯然也是受邀前來，這讓范敏之有點不太開心，開席之後笑容就極少，偏偏袁授也屢次忽略於他，連他想再正式將

范十三介紹給袁授的機會都沒有。

反倒是另外幾位世族夫人，身邊都跟著幾個適齡小姐，那些千嬌百媚的姑娘正當韶華，打扮起來自是比年紀尚小的范十三更具風采。

難道皇上和太后想立別家女子為后?這一想法讓范敏之鬱悶不已。這一鬱悶，咳痰上湧，一聲咳嗽過後竟是停不下來，他幾次想忍，可憋得臉上通紅也還是無濟於事，咳嗽之聲聲聲漸高、聲聲漸促，最後剛剛熱鬧起來的家宴場上悄然平靜，一大屋子人都看著他咳嗽。

太難受了。

不僅他咳得難受，看的人更難受，個個都覺得嗓子眼癢癢，上了年紀的幾位老親王都忍不住隨聲附和，這一來可太熱鬧了。

「我說范先生，您向來恪尊禮數，今日當著聖駕為何如此失儀?」幾個老親王不能說，一個年紀稍輕的宗親便忍不住拿范敏之說事。

范敏之倒是想解釋，可一開口就咳得昏天暗地，他兩個兒子想扶了他出去，可也不知怎的，一挨近他，也都咳嗽起來。

若只是一陣子還好，這麼長時間，又有這麼多年富力強的男子也跟著咳，這可有點太不對勁了。當下，剛剛開口的宗親挪了挪位置，小聲道：「范先生該不是身染惡疾了吧？」

此言一出，人人變色。范敏之倒也應景，話音剛落便咳了口鮮血出來，令眾人驚慌不已，紛紛離座。

「速傳太醫！」袁授鎮定自若，又令內侍搬來貴妃榻，扶范敏之躺下。

太醫很快前來，來不及見禮便被袁授派去照看范敏之，結果四個太醫依次輪診下來，全都臉色慘白，面面相覷的不知所措。

「到底如何？」

面對袁授的詢問，其中一個為首的太醫硬著頭皮站出來，「啟奏皇上，范先生所患……似是……似是時疫！」

時疫，就是瘟疫，就是急性流行性傳染病，一般在春天蔓延的稱為春瘟，夏日爆發者則稱時疫，秋天稱秋疫，冬日則為冬瘟。

現在這個時代，醫療手段有限，急性傳染性疾症極易蔓延，且蔓延迅速不好控制，因此人人視為大敵！

殿內眾人頓時慌了一陣，靠近門口的都躲出門去，大殿內側的人則不敢動彈，因為皇上和太后都在這，誰敢扔下他們自己跑？

「胡說！」躺在榻上的范敏之在瘋狂咳嗽中逮了個空，不忘訓斥幾個太醫，「老夫身康體健，何曾……」又是一通排山倒海的咳。

這還身康體健？連范敏之的兩個兒子都開始懷疑是不是被他們老爹傳染了。

幾位太醫戰戰兢兢的分別又輪診了一番，連范家那兩個兒子都看了，卻越發肯定自己的猜測，紛紛下跪道：「請皇上速速離開此地，儘快封宮！今日在場所有人都須單獨隔離觀察！」

又有人奏請：「請皇上速派太醫去范家確定傳染源，迅速隔離消滅！」

太可怕了，以七王爺為首的幾個老王爺都差點哭了。他們送舊迎新屹立到今天容易嗎？怎麼就被這范老頭兒連累了？要是一不小心跟著感染了……

當下七王爺上請：「請皇上火速下旨將范家遷出京城隔離，以免京中百姓人人自危！」

此言一出，附和者無數，范敏之差點沒氣吐了血……哦不，他已經在吐血了。

遷出京城？開什麼玩笑！范家近百年的基業全在京城，這麼一遷，怕不就要遷散了！

「皇上……」老頭兒急了，從榻上翻落在地嚎啕大哭，連咳嗽都壓下了一些。「此事定是誤會，老臣無疾！無疾！」

那些太醫又急了，無疾？那豈不是說他們誤診？當下個個以腦袋擔保，就是時疫！

范老頭兒欲哭無淚，他就想不通，早上起來還好好的，怎麼一下子就時疫了？

「既然老先生如此肯定自己無病，不如，讓我給老先生一請脈象，可好？」

天籟啊！在一片肯定聲中，這一句再診，對范敏之而言如同天籟啊！

感激的四處望尋，范敏之的目光落於袁授身邊那明美的女子身上，竟然是她……對啊！肯定是她啊！

這雖是范敏之第一次見到顧晚晴，卻早知道顧晚晴的出身，更知道她是顧家現任的天醫，這幾乎是醫學界的最高名譽了，她肯出手一探究竟，自然沒人敢再質疑最後結果。

事已至此，已不是范敏之願不願意的事了，在袁授的首肯下，顧晚晴來到貴妃榻前，伸手輕搭范敏之的腕間。

范敏之矛盾萬分的看著顧晚晴，一方面希望她能否定太醫的說法，一方面卻又不願接受她的任何好處。

「依我看……」顧晚晴開口，搭著脈的手卻沒有收回來，「范先生的病雖是時疫表現，卻並非有什麼傳染之源，而是病從心來！」

幾個太醫你看看我、我看看你，都不敢開口反駁。

顧晚晴也沒有跟太醫交流，反而看著強忍咳嗽的范敏之，「但凡世間病邪皆有剋者，但先生之症由心而起，縱然以藥相剋，也是治標而不去本。然天子乃上蒼所屬，皇氣加身，可剋一切病邪。我有一方，如果范先生肯馬上向皇上表明忠心之意，力陳自己並無任何私心意圖要脅天子，或許此病可不藥而癒。」

第一百六十六章

【事成】

顧晚晴說的這番話緩緩慢慢，語氣中卻帶著不可辯駁之意，以至於在場所有人都產生了一種錯覺——這貨不是大夫，是神婆吧？

治病也能扯到天命一說上，實在是過頭了。袁授原是配合顧晚晴行事，現在看眾人一副懷疑顧晚晴是神精病的樣子也有點扛不住，假裝沒聽清楚的問了句：「顧氏，妳說什麼？」

顧晚晴卻是又重複了一遍，捏著范敏之的手腕，絲毫不理會他氣得通紅的面頰，「如果范先生能立時表明心跡，擁立天佑之子，上天必會庇佑。」

范敏之吐血啊！一斤一斤的吐！

怎麼能立這種誓？一旦立誓，豈不是坐實了顧晚晴加諸在他頭上的罪名？那他可真是因為對皇帝懷有異心意圖要脅才得的病了！到時候自己的病也沒好，還得了皇上猜忌，豈不是要活生生逼死他嗎？這妖婦，著實狠毒！

范敏之又怨又怒，幾次破口大罵，可都是才罵上一句，連天的咳嗽又找上門來，那差點把肺子咳出來的勁，讓他自己也有點害怕了。

難道……真是時疫？

顧晚晴卻在這時甩了他的手，「既然范先生不相信我，那就另請高明吧。」說罷眼角一掃那幾個太醫，幾名太醫立時低下頭去，並無人搭腔。顧晚晴往回踱了兩步又道：「不過先生現在本身就是一個傳染源，依我看，還是要遷出京城才好，以免擴大病情，對我大雍不利。」

「妳……妳……」

袁授接收到顧晚晴的眼色，不等范敏之罵完，便一臉惋惜之色：「范先生於我大雍是功臣，就此離開朕的身邊實在可惜……」他唏噓了一陣，痛下決心道：「先生放心，一旦確認先生與家眷身體康復，可即時回京！」

范敏之驚怒至極，指著顧晚晴想罵卻罵不出聲，只是咳嗽。

顧晚晴嘆了一聲：「明明有更穩妥的法子，范先生為何不用？難道你對皇上並非忠心？」

「妳、妳這毒婦！」范敏之總算又罵出來一句。「老朽對皇上忠心可昭日月！妳、妳休想挑撥我們君臣之義！」

「既然如此，范先生為何還不肯立誓？」顧晚晴踏前一步立於范敏之身前，由上而下的睨著這髮鬚俱白的朽朽老者，看到他鬍鬚上沾染的鮮紅血跡，突然有點不忍心。

「只要范先生對天起誓，對皇上忠心耿耿、毫無私心，上天垂憐先生忠心，先生的病定會即刻好轉！」

「誰聽妳放……放……」

「范敏之！天子面前豈容你口吐穢言！」縱然同意，顧晚晴還是被這老頭兒的頑固磨得失了耐心。「還是你認為皇上的天子之氣不足以福澤萬民？所以心存疑慮？若是沒有，如何不敢起誓！」

她這番話問得又厲又急，同時也引起了許多宗室的共鳴，那些沒來得及退出大殿的宗室們本就擔心害怕，現在范敏之又硬撐著不聽話，這讓他們異常氣憤。

在宗室親貴們想來，顧晚晴的話雖然有點離譜，但她既是天醫，又連說幾次發了誓病情就會好轉的話，不管是出於害怕傳染的心理，還是出於好奇的心理，他們都想看范敏之發誓，反正又不是他們發！

一屋子皇室宗親的指責可比顧晚晴自己的勸慰有用得多，眼見著有人連「大逆不道」、「意圖謀反」這樣的話都說了出口，范敏之的兩個兒子再忍不住了。

「父親！就請父親起誓，在皇上面前表明范家忠心！」

此情此景，就算不圖治病，再不表忠心就顯得心裡有鬼了。他們又何嘗不知范敏之的考慮？可事到如今哪還有什麼更好的辦法！

范敏之老淚縱橫，他臥薪嘗膽了十數年，以為自己終於學會了什麼叫謀算，結果還是栽了！一定是這毒婦！

范敏之死死的瞪著顧晚晴，可就算瞪死她又有什麼用？眾目睽睽之下，再不說話就顯得自己心虛了。范敏之以手掩口，好不容易壓下了這一波咳嗽，指天誓地的表明自己對皇上、對大雍的忠心，其中並無任何私心。

顧晚晴趕著追問了一句：「想來先生也並無逼迫皇上立范家女子為后，否則便聯合一眾世家學子無視皇上之意了？」

「斷無此事！誰這麼說就是誣衊老夫！老夫定與他死拚到底！」范敏之的心在滴血，這誓言好發，可禁不起那些世家學子們的追究，想和皇帝做親家，這事在他們面前他可是提都沒有提過的，可如今任他再怎麼否認，箇中關鍵卻是誰都明白了的。

看著那些向來關係不錯的世家子弟此時面有慍色，范敏之知道他這清流領導者怕是做不久了，而這些世家集聚在一起無視天子本就是各懷心事，都希望能在新朝多撈點好處，現在被一擊潰散，將來皇帝收編起來可是省力多了。

毒婦！毒婦毒婦毒婦！

范敏之滿心的怨念全撒到了顧晚晴頭上，偏偏顧晚晴這時候過來替他把脈，他真有心衝上去咬死她，但力不從心，剛才那一通狠咳，半條命都咳沒了。

顧晚晴萬分細緻的診著脈象，半晌，讓出位置給其中一個太醫。那太醫半躬了身子上前，再次探了探范敏之的脈象，這一探，卻是臉色大變！

「這……」

他這一驚，其他太醫也即時上前，挨個診過後，一個個眼珠死瞪得溜圓，像是受了驚嚇。

顧晚晴輕笑，「范先生心意上天可鑒，你看，這不是好了嗎？」

幾個太醫跪成一排，神情都是呆呆的向袁授回話：「啟奏皇上……的確是好了……」

這是病，不是中毒，怎可能瞬間痊癒！

太醫們的震驚神色成了顧晚晴其言屬實的最得力的證據，而這時，范敏之頭也不暈了、氣也不喘了，咳嗽什麼的更像沒有發生過一樣，真好了！倒是范家的兩個兒子，還偶有咳嗽，也各自發了誓言，又經顧晚晴與眾太醫探診過後，病情全消。

這件事，明眼人都看得出范敏之病得蹊蹺，有人猜定是皇上對付范敏之的手段，鑒於范敏之的確有要脅之意，倒也不算冤枉。只是經此一事，范家的聲譽算是丟了大半，范敏之聰明了幾十年，臨老終是又栽了個大跟頭。

這些自然只是猜測，箇中手段無人得知，頂多以為皇上給范敏之下了什麼毒藥，而顧晚晴串通那幾個太醫演了一齣好戲。

可那幾個太醫卻是實打實的眼看著病入膏肓之症盡數全消，固然懷疑顧晚晴是不是從中做了手腳，但又哪有人見識過如此神奇的手段？加之其他目擊者的口口相傳，於是天命一說頓時廣傳天下，又為袁授招來腦殘粉絲無數。

至此，范家對袁授的掣肘已然全消，那些目睹此事的世族子弟與家眷們回到族中，自然少不了描述一番，就算不誇大，那病情即來即去一說也傳得神乎奇神。最要緊的，他們目睹了范敏之私心被揭穿時的尷尬與潰敗，更加提防其他合作世族的同時，也生起謹慎之心，這讓剛剛失了領袖的世族聯盟不再團結一心，而他們這種相互猜忌的心理，卻最是合了袁授的心意！

袁授想過這樣的結果，卻沒想到竟會如此圓滿，尤其那神來一筆的「天之授命」在民間產生了極大的輿論，百姓津津樂道，他的聲望空前鼎盛，這實在是意外之喜！

不過，也有副作用。

因為傳說「天子之氣」可以治病，導致了許多百姓生了病不去看大夫，成天在家起誓表忠心什麼的。這又是令人頭痛的事了，若是小範圍誤導還好，可這著實是轟轟烈烈的全國性活動，袁授不得不與顧晚晴私下商量，讓顧家出動一批醫學隊，分發到地方去施醫贈藥，並對那些改信天子教的百姓宣導，范老大人的病能好是因為天子在其近側，皇氣可護其身，離得太遠可就沒用了！

這一招果然可行，又因施醫贈藥這一善舉，百姓對袁授這個新帝的推崇迅速到達了一個頂峰。百姓總是最容易滿足的，誰讓他們吃飽穿暖不得病，他們就擁護誰。

只是可憐了顧家的內庫，此次義診之舉在顧晚晴的暗示下，顧天生力辭了朝廷的補貼，所有用度俱從顧家內庫而出，這麼一場大規模的活動，顧家縱然家底再厚，家產也是十去其七，最後還是袁授看不過眼，另以獎金的名義發放了賞銀，總算保全了顧家的根基。

但顧天生不後悔啊！不捨，哪有得？早在他參與了扳倒范家的行動開始，他就知道，顧家定然會在他的手上發揚光大，在本朝到達一個前所未有的高度！

隨著范家的倒臺，顧晚晴也由衷的鬆了口氣。自她回京開始，連串的陰謀陷害，不斷的打壓欺凌，她全都咬牙挺過來了，就連太后的冷語和外臣的抨擊她也能如數接下，現在的她可比以前不知堅強了多少，而這些為的全是現在高高在上的那個人，為他的痴心、為他的深情。如今，她不過是在回報而已，她，甘之如飴。

《天字醫號06》完

敬請期待更精彩的大結局《天字醫號07》

【第六帖】

進取

心機 一兩

對抗 五錢

機敏 十分

堅決 六塊

道理 三分

孝順 十成

輔佐 不拘

每日頓服 可得后冠

天宇醫號

陸

夏澤川 著
MO子 繪
少女騎士の薔薇殿下
8・7
妳、就是我的專屬騎士
上金石堂網路書店購買，
加贈少女騎士Q版票夾！
數量有限 送完為止
為了尋找哥哥，夏憐歌進入薔薇帝國學院。
沒想到一個失足，
她竟成了「自戀狂儲君」彼方・蘭薩特的「專屬騎士」！
蘭薩特閣下專屬的騎士＝任憑差遣（到死為止）
雜草兄控少女
Plues
自戀無上儲君
——校園花樣青春即將閃耀「kira～☆」一聲展開!?
華文聯合出版平台 www.book4u.com.tw
不思議工作室
立即搜尋
典藏閣
采舍國際
www.silkbook.com
版權所有© Copyright 2013

典藏閣不思議工作室
2103夏季新書贈品活動
安利美特限定版
animate

只要符合以下條件，就有機會獲得【魔人Q版胸章】1枚——

（1）在安利美特animate門市店購買
《Evil Soul×少年魔人傳說》全套3集

（2）於書後回函信封處蓋上安利美特店章或是影印安利美特購書發票。

（3）在2013年8月1日前，以郵戳為憑，將全套3集的書後回函（加蓋店章），寄回典藏閣不思議工作室。

備註：

（A）若採影印發票者，請一併寄回發票影本。可以等購買完「全3集」後，再於8月1日前全部一次寄出。

（B）回函中的讀者資料請務必填寫清楚，字跡要工整，不然小編不知禮物要寄到哪裡去、要寄給誰（>Д<）

為期三個月的收集活動，敬請把握！
快來把犬少年和貓偵探帶回家吧！

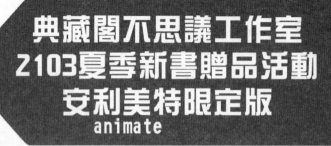

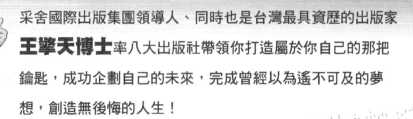

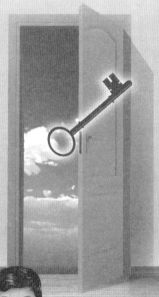

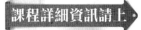

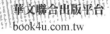

飛小說系列057

天字醫號06

謀權策略只為伊人

出版者■典藏閣
作　者■圓不破　　繪　者■Welkin
總編輯■歐綾纖
製作團隊■不思議工作室
郵撥帳號■50017206 采舍國際有限公司（郵撥購買，請另付一成郵資）
台灣出版中心■新北市中和區中山路2段366巷10號10樓
電　話■(02)2248-7896　　傳　真■(02)2248-7758
物流中心■新北市中和區中山路2段366巷10號3樓
電　話■(02)8245-8786　　傳　真■(02)8245-8718
ISBN■978-986-271-361-7
出版日期■2013年6月
全球華文國際市場總代理／采舍國際
地　址■新北市中和區中山路2段366巷10號3樓
電　話■(02)8245-8786　　傳　真■(02)8245-8718
新絲路網路書店
地　址■新北市中和區中山路2段366巷10號10樓
網　址■www.silkbook.com
電　話■(02)8245-9896
傳　真■(02)8245-8819

☞**您在什麼地方購買本書？**☜

1. 便利商店（________市／縣）：☐7-11　☐全家　☐萊爾富　☐其他____________

2. 網路書店：☐新絲路　☐博客來　☐金石堂　☐其他__________

3. 書店（________市／縣）：☐金石堂　☐誠品　☐安利美特animate　☐其他______

姓名：________ 地址：____

聯絡電話：_____________　電子郵箱：______________________________

您的性別：☐男　☐女　　您的生日：西元________年________月________日

（請務必填妥基本資料，以利贈品寄送）

您的職業：☐上班族　☐學生　☐服務業　☐軍警公教　☐資訊業　☐娛樂相關產業

☐自由業　☐其他__________

您的學歷：☐高中（含高中以下）　☐專科、大學　☐研究所以上

☞**購買前**☜

您從何處得知本書：☐逛書店　☐網路廣告（網站：____________）　☐親友介紹

（可複選）　☐出版書訊　☐銷售人員推薦　☐其他________________

本書吸引您的原因：☐書名很好　☐封面精美　☐書腰文字　☐封底文字　☐欣賞作家

（可複選）　☐喜歡畫家　☐價格合理　☐題材有趣　☐廣告印象深刻

☐其他________________

☞**購買後**☜

您滿意的部份：☐書名　☐封面　☐故事內容　☐版面編排　☐價格　☐贈品

（可複選）　☐其他

不滿意的部份：☐書名　☐封面　☐故事內容　☐版面編排　☐價格　☐贈品

（可複選）　☐其他

您對本書以及典藏閣的建議____

____

____

✌未來您是否願意收到相關書訊？☐是　☐否

✎**感謝您寶貴的意見**✎

印刷品

$3.5
請貼
3.5元
郵票
不思議信箱
FUSIGI POST

235 新北市中和區中山路二段366巷10號10樓

華文網出版集團 收

（典藏閣－不思議工作室）